Ullstein

DAS BUCH

Angoulême, 1832: Die 27jährige Flora de Margelasse kehrt in das Schloß ihrer vor Jahren nach England geflüchteten Familie zurück. Nicolas Lomont, ein junger Notar, den die schöne Witwe um Hilfe bei ihrer Vermögensverwaltung bittet, verliebt sich unsterblich in seine Klientin. Flora aber schenkt ihre ganze Zuneigung dem hochbegabten und gutaussehenden Schriftsteller Gildas, Sohn eines Tagelöhners. Das ungleiche Paar zieht nach Paris, und Gildas kann schon bald große schriftstellerische Erfolge feiern. Als die beiden nach zwei Jahren in Begleitung der Gesellschafterin Marthe wieder in die Provinz zurückkehren, brechen bei dem eifersüchtigen Nicolas alte Wunden auf. Mit Entsetzen muß er entdecken, daß Gildas seine große Liebe Flora mit Marthe betrügt, einer *femme fatale*, der die reichsten und bedeutendsten Männer zu Füßen liegen ...

DIE AUTORIN

Françoise Sagan ist 1935 in Cajarc geboren und in Paris aufgewachsen. Ihr erstes Buch BONJOUR TRISTESSE zählt zu den meistgelesenen Romanen des 20. Jahrhunderts. Zu weiteren erfolgreichen Werken zählen LIEBEN SIE BRAHMS?, IN EINEM MONAT, IN EINEM JAHR, UND MITTEN INS HERZ (UB 24125).

Für Peggy Roche

Sollte ein Leser eines Tages auf diese Seiten stoßen – falls blinde dichterische Eitelkeit oder irgendeine Widrigkeit des Schicksals mich daran hindern, sie zu zerstören –, so möge er als erstes zur Kenntnis nehmen, daß ich diesen Bericht der Ereignisse des Sommers 1832 und der darauffolgenden Jahre eher deswegen in Angriff nehme, um sie mir ins Gedächtnis zurückzurufen, als um sie der Nachwelt zu überliefern. Vor allem möge er erfahren, daß ich jenen, die damals in diese Ereignisse verwickelt waren, jenen, die die Peiniger, die Opfer oder wie ich die hilflosen Zuschauer des Geschehens waren, daß ich ihnen nur eines wünsche: das Vergessen. Ein endgültiges Vergessen, ein zorniges Vergessen, ein bleiernes Vergessen, das genauso drückend ist wie jener Sommer in Aquitanien, dieser so lieblichen Provinz, deren Klima doch sonst so gemäßigt ist.

Ich bin alt, unfähig zu lieben und geliebt zu werden, und niemand wird mir glauben, wenn ich, wie so viele Männer meines Alters, behaupte, darüber froh zu sein. Doch man täuscht sich. Denn, wenn sich in einigen Jahren, bei der Beerdigung meiner sterblichen Hülle unter den Zypressen des kleinen Friedhofs von Nersac, wenn sich dann neben einer mitleidigen Seele, die meinen Tod beweint, ein bösartiger Charakter einfindet, um sich an ihm zu erfreuen, so wird seine Freude sinnlos sein. Denn er wird nur dem Ende eines Leichnams beigewohnt haben. Ich bin schon seit dreißig Jahren tot. Seit dreißig Jahren tue ich nichts anderes, als diese brennend heißen Sommer zu überstehen.

Im Jahre 1832 war ich dreißig Jahre alt. Doch ich war nicht mehr als ein junger Mann, an dem die Jahre vorübergegangen waren, obendrein noch albern, Junggeselle, Erbe eines der besten Notariate der Provinz, eine gute Partie, sogar ein gutaussehender Mann, wenn man weniger auf die Eleganz als auf das gesunde Aussehen achtete; einem Betrachter bot sich ein tiefer Haaransatz über mittelhoher Stirn dar, die Augen eines Jagdhundes, die – so mein Wunsch – hochmütig wirken sollten, ein Mund mit vollen, roten Lippen, und ein Kinn, das ein bißchen spitz war. All das saß auf breiten Schultern und einem kräftigen Körper, von dessen Robustheit die rote Gesichtsfarbe zeugte. Das einzige, worauf ich stolz war: die schmalen Hände mit den feingliedrigen Fingern, von denen die Frauen sagten, sie seien schön. Die Frauen ... nun, soweit ich sie kannte, nach einigen Aufenthalten als Student in Paris, einer langen und törichten Leidenschaft für eine Provinzcirce, die heute schon alt ist, einigen unbedeutenden Liebesaffären mit enttäuschten Ehefrauen und einigen herablassenden Blicken auf die jungen Dinger, von denen man allgemein annahm, daß ich eine von ihnen bald heiraten würde. Die einzige Frau, die ich wirklich geliebt hatte, hieß Elisa. Sie war die Zofe meiner Mutter gewesen, aber nach einem Jahr ängstlicher Liebelei hatte Elisa trotz meines Flehens gleichzeitig vor mir und einem Skandal, zu dem es vielleicht niemals gekommen wäre, die Flucht ergriffen. Elisa, und nur sie, hatte mich ein bißchen geliebt und mir über meine Befangenheit in Liebesdingen hinweggeholfen. Aber nur ein wenig. Mein weiteres Leben hatte mir in dieser Hinsicht nur Aufregungen oder Enttäuschungen beschert – ein Los, das ich mit allen Junggesellen meines Alters, meines Milieus und meiner Zeit zu teilen glaubte.

Im Jahre 1832 hatte Angoulême, wie es sich gehörte, seinen Klüngel, der, wie es sich ebenfalls gehörte, von der rührigen Gattin des Präfekten, Madame Artémise d'Aubec, mit dem Spitznamen »De Bec Haut«, angeführt wurde. Sie war diejenige, die seinerzeit über achtzehn lange Monate hinweg eine flammende Leidenschaft in mir entfacht hatte, ohne sich dazu herabzulassen, die Flammen zu ersticken. Diese Circe war zu groß, zu dünn, hatte allzu blondes Haar, eine zu kreischende Stimme und war zu alt; noch jetzt berührt es mich manchmal peinlich, sie einst so verführerisch gefunden zu haben. Zu meiner Entschuldigung muß man anführen, daß ich zum Zeitpunkt dieser Liebelei, die mir noch heute die Schamröte ins Gesicht treibt, erst zwanzig Jahre alt gewesen war.

Man muß hinzufügen, daß andere unter dieser strengen Tugendhaftigkeit weniger gelitten hatten als ich. Artémise d'Aubec führte also Honoré d'Aubec, ihren Gatten, und ihre Verehrer mit der gleichen eisernen Hand, despotisch und prunksüchtig, was ihr durch ein Privatvermögen ermöglicht wurde, von dem es hieß, ihr Vater habe es zur Zeit der Revolution durch Mißbrauch seiner Ämter den Emigranten entrissen. In der Zeit ihrer Herrschaft, also zehn Jahre lang, gab es nichts als Dichterlesungen, Picknicks, festliche Soupers et cetera. Nicht zu ihren Bällen zitiert worden zu sein galt als Schande, sich nicht dorthin zu begeben als Provokation. Sie nützte das manchmal aus, indem sie ein paar Einladungen vergaß, so wie andere dies wiederum ausnutzten, indem sie das Datum eines Empfangs übersahen: Das lieferte dann immer Gesprächsstoff für ein Vierteljahr.

Man könnte es merkwürdig finden, daß ich eine Frau, die ich immerhin achtzehn Monate lang geliebt habe, so hart verurteile, aber sie verdient es. Man muß wirklich jung sein, damit einem der Erfolg seiner Nebenbuhler eine Frau verleidet und man wieder ernüchtert wird. Ein Mann muß wirklich einen scharfen, desillusionierten Blick haben, damit eine Frau allein, ohne Mitwirkung äußerer Umstände, ihr Andenken in seinem Herzen vollständig zerstören kann. Man muß sogar so enttäuscht sein, daß man vor Traurigkeit und Scham sterben könnte.

Aber ich schweife ab. Wir befinden uns also in Angoulême, im Jahre 1832. Es ist Frühjahr. Trotz einiger Wirren regiert Louis-Philippe über Frankreich. Die Reichen sind reich, die Armen wie gewöhnlich arm, und die Bürger, der einzige politische Gradmesser dieses Landes, sind zufrieden. In ganz Aquitanien herrscht schönes Wetter ... Um diese Erzählung richtig genießen zu können, sollte man Aquitanien kennen. Und mir fällt auf, daß ich mir jetzt unwillkürlich einen Leser vorstelle, der sich leicht seiner Phantasie hingibt und schnell bereit ist, sich für meine Prosa zu begeistern. Das klingt lächerlich, aber was macht das? Was bleibt mir denn sonst noch Wichtigeres zu tun, als meine Hand zu betrachten, die nichts von ihrer Schönheit eingebüßt hat, aber auf der jetzt die Adern wie Taue hervortreten. Meine Hand, die mit dieser tiefblauen Tinte aus diesem schneeweißen Tintenfaß auf diesem dicken, mehligen und auch so weißen Papier ein kleines blaues Zeichen an das andere reiht. Niemals habe ich beim Abfassen einer meiner unwichtigen notariellen Verträge so empfunden: Es muß wohl in der Tat so etwas wie eine wundersame Kindheit geben, die den Schriftstellern wiedergegeben wird, wenn sie schreiben ... Die Sinnlosigkeit all dieser Zeichen, die Bedeutungslosigkeit ihres Unterfangens scheinen dies zu bestätigen. Mein Fenster in der obersten Etage meines Hauses (das die Bauern mein »Schloß« und die Adeligen abfällig mein »Haus« nennen, aber das die Bürger in ihrer Sprache, die vor allem praktisch ist, als meine »Wohnung« bezeichnen), mein Fenster also geht auf eine Landschaft hinaus, die typisch ist für die Charente. Ich blicke auf einen flachen, langgezogenen Hügel, der sich in einer grünen Ebene verliert, über die sich gelbe, von Pappeln umsäumte Felder erstrecken, die von einem friedlich dahinplätschernden Fluß zerteilt werden. So weit das Auge reicht, erstreckt sich der Himmel mit seinen weißen, blauen und rosa Wolken, die gegen Westen hellrot werden, über das Land. Bei Sonnenuntergang werden runde, sich tummelnde Wolken sichtbar, die jedoch den besitzergreifenden Charakter, den dieser Himmel über unserem Land immer gehabt hat, nicht genügend abzumildern vermögen: Ich meine seine Art, sich über unsere Wiesen, unsere Kirchen und unsere kleinen Dörfer auszudehnen und sich von einem Tag auf den anderen über unser Land bis zum Horizont hin zu betten, ohne daß auch nur eine Ähre oder ein Grashalm unbedeckt bleibt. Wenn das Wetter hier wichtiger genommen wird als anderswo, so deswegen, weil der Himmel näher und die Sonne stechender ist. Die Nacht ist hier dunkler, der Wind heftiger, die Hitze drückender und der Schnee fester. In dieser Gegend sind die Häuser breit, ohne massig zu sein. Die meisten sind schön und grau oder weiß gestrichen. Durch ihre Form – besser gesagt durch die ihrer Torbogen – unterscheiden sie sich von den bauchigen und viereckigen Häusern der Beauce und von den höheren, engeren und dunkelrosa Häusern des Midi. Dieses Land hier macht einen tadellosen Eindruck, ebenso wie seine Bewohner. Man ist liebenswürdig, ohne vertraulich zu werden, ehrenhaft, ohne streng zu sein, und lustig, ohne sich der Verschwendung und Ausschweifungen hinzugeben. Kurz und gut, es ist ein Land, wo man stolz auf seine Nachbarn ist.

Ich sage dies, um hervorzuheben, daß jene Frau, die im Jahre 1832 bei uns eintraf oder – besser gesagt – zu uns zurückkehrte und auf die wir in Angoulême und in der Saintonge sehr stolz sein sollten, daß jene Frau weder eine Pariserin noch eine exzentrische Fremde war, sondern eine Frau aus unserer Gegend, die mit unseren Sitten, unseren Gebräuchen und unseren Neigungen wohl vertraut war. Gewiß, diese Frau kam aus Frankreich, aber vor allem aus unserer Gegend. Sie hieß Flora, Flora de Margelasse und stammte aus einem kleinen und alten Adelsgeschlecht in Jarnac, dessen Schloß, wie auch in Adelskreisen verlautete, beinahe vierzig Jahre lang fast vollkommen unbewohnt gewesen war. Das war die Zeitspanne, die die geflüchteten Margelasses benötigt hatten, um zu begreifen, daß man in Frankreich die Aristokraten nicht mehr köpfte, und in der sie dies ihrer einzigen Tochter, die 1805 im Exil geboren worden war, verständlich gemacht hatten. Vierzig Jahre, in denen diese Tochter geheiratet hatte, Witwe geworden war und ihre Eltern sie, da sie so traurig war, in ihre Heimat hatten bringen wollen. Vierzig Jahre, in denen die Eltern ihre Ländereien verkauft hatten und selbst in der Fremde gestorben waren. Vierzig Jahre hatten erst vergehen müssen, bis Flora hier ankam. Kurzum, es war genug Zeit vergangen, daß man sie alle völlig vergessen und niemand von Flora de Margelasse gehört hatte.

Es war Frühling, als sie nach einem zweijährigen Aufenthalt in Paris hier ankam. Sie hatte dort während dieser zwei Jahre gelernt, ihre Muttersprache *à la perfection* zu sprechen, eine Perfektion, die durch einen leichten Akzent, der ihre Herkunft von jenseits des Kanals verriet, noch betont wurde. Indem sie Frankreichs Hauptstadt betrat, lernte sie dieses Land von seiner verführerischsten und gefährlichsten Seite kennen. Und auch von seiner aufmunterndsten. Denn Flora, die in London Witwe geworden war, wäre vielleicht auch Witwe geblieben, wenn sie diese Stadt nicht verlassen hätte. Aber als sie als Witwe in Paris ankam, verwandelte sie sich sehr schnell in eine junge, umworbene Frau. Zwei Jahre lang wies sie alle Anträge zurück, und zahlreiche Male, so schien es, lehnte sie es ab, ihr Witwendasein aufzugeben, das doch so schlecht zu ihr paßte. Bestimmte Frauen werden als Witwen geboren, so wie andere als Mütter das Licht der Welt erblicken. Wieder andere werden als Jungfern geboren und ganz andere als Ehefrauen und Geliebte. Flora de Margelasse gehörte ganz offensichtlich zu diesen beiden letzten Gruppen. Sie schien dazu geschaffen, ihr Leben mit einem Manne zu teilen, der imstande war, sie zu beschützen und mit ihr zu lachen. Genau dies hatte Lord Desmond Knight, ihr erster Gatte, ihr fünf Ehejahre lang geboten. Sie hatte es angenommen und rückhaltlos erwidert: eine warme, vertrauensvolle gegenseitige Liebe, geprägt von der harmonischen Übereinstimmung zwischen Körper, Herz und Kopf. Als, wie im Roman, Desmonds Pferd allein zum Stall zurückkehrte, war Flora vierundzwanzig Jahre alt. Als sie in Angoulême ankam, war sie siebenundzwanzig. 1835, als der Sommer vorüber war, um genau zu sein, am 23. September, war sie sogar schon dreißig Jahre alt, aber das war für niemanden mehr von Bedeutung, auch für sie nicht. Nicht einmal mehr für mich, Notar und Hüter des Gesetzes, dessen Hauptfunktion im Grunde darin besteht, den Daten Bedeutung beizumessen, irdischen Besitz mit dem Siegel der Legalität zu versehen und dem Wortlaut der festgelegten Rechte und Pflichten des einzelnen unanfechtbare Autorität zu verleihen. Und dennoch kam es mir gegen Ende dieses Sommers 1835 so vor, als trüge ich in meine Register nichts ein, was mich, meine Großneffen oder die Enkel meiner Kanzleileiter überdauern würde. Es kam mir so vor, als verfaßte ich nur unleserliches, geistloses Gekrakel, ohne Sinn und Bedeutung, das zudem meinen Klienten, sowenig sie auch mit den Regungen meines Herzens zu tun haben mochten, nichts zusicherte und ihnen auch nichts Rechtmäßiges oder Unrechtmäßiges bestätigte. Nichts außer dem Versprechen, eines Tages diesen schrecklichen Geschmack von Asche im Mund zu haben, den ich gegenwärtig von morgens bis abends verspüre. Ich wünsche mir, nicht der einzige zu sein, der diese Erfahrung macht, ich wünsche mir, daß es allen einmal so ergehen möge. Schlaf . . . elender, glückseliger Schlaf, nächtelang habe ich nur dich geliebt, dich herbeigesehnt und dich gewollt, so wie ich vielleicht noch nie eine Frau geliebt oder begehrt habe. Außer Flora – natürlich. Denn ich kenne keinen echten Mann, der nicht alles getan hätte, um Flora glücklich zu machen. Und ich kenne auch keinen echten Mann, der nicht alles getan hätte, damit sie es wieder werde, wenn sie es nicht mehr war, selbst dann, wenn es ohne ihn sein sollte.

Am 10. April 1832 schickte Flora de Margelasse, ohne zuvor auf den Gassen von Jarnac angetroffen worden zu sein, mir, wie vielen anderen, eine Einladung, deren Siegel mir etwas in mein schwaches Gedächtnis zurückrief. Das Wappen der Margelasses zeigte einen aufrechten Löwen vor einem Weizenfeld unter wechselhaftem Himmel. Darunter stand die schwierige Devise: »Virtus sive malus.« Es kam mir so vor, als ob ich dieses Wappen bereits früher im Archiv der Kanzlei gesehen hätte, und ich glaubte plötzlich wieder vor dem Hintergrund einer Feuersbrunst eine fliehende Kutsche zu sehen, die eine kleine Vicomtesse und einen kleinen Vicomte aus dem Schloß von Margelasse, fünf Meilen von meiner Kanzlei entfernt, mit sich davontrug, bevor mir einfiel, daß ich ja schließlich erst dreißig Jahre alt war und daß dieses schöne Bild von der Französischen Revolution aus den Geschichtsbüchern meiner Patenkinder stammen mußte. Durch dieses Schreiben also setzte mich Lady Desmond Knight, Witwe des Lords Desmond Knight, von der Wiederinbesitznahme ihres in Jarnac gelegenen Schlosses in Kenntnis und verkündete, welches Vergnügen es ihr bereiten werde, mich und all jene Freunde, die ihr mangels geeigneter Gelegenheit noch nicht die Freude gemacht hatten, sie kennenzulernen, dort zu empfangen. Sie fügte ihrer Einladung die Namen ihres Vaters und ihrer Mutter, Odon und Blanche de Margelasse, hinzu, die zwei Jahre zuvor in Norfolk verschieden waren und die – meinen Glauben an das Jenseits vorausgesetzt – sich auch freuten, mich unter ihrem Dach begrüßen zu dürfen. Floras Eltern waren miteinander verwandt gewesen, waren gemeinsam aufgezogen worden und hatten schließlich, ohne sich durch ihre Blutsverwandtschaft daran gehindert zu sehen, geheiratet. Flora war sehr spät geboren worden, nach zehn Fehlgeburten, die die Gesundheit ihrer Mutter untergraben hatten. Der Tod seiner Frau bekümmerte ihren Vater so sehr, daß er ihr kurz darauf ins Grab folgte. Dieser doppelte Verlust, kurz nach dem Tode ihres Gatten, hatte Flora aus England in dieses ihr unbekannte Frankreich getrieben. Sie war in diese Gegend gekommen, über die sie nichts wußte, außer daß das Schloß ihres Vaters von Pächtern, deren Anständigkeit und Treue an Besessenheit grenzte, im einwandfreien Zustand erhalten worden war. Kurzum, Angoulême und Umgebung und alle Schichten der dort ansässigen Gesellschaft erfuhren mit einem Schlag, daß es eine Demoiselle de Margelasse gab, der das gleichnamige Schloß gehörte, und daß diese Demoiselle eine reiche, verwitwete Dame war, die aus England zurückgekehrt war, um sich hier bei uns niederzulassen. Ich übergehe all jene Details, die manche glaubten noch zusätzlich zu wissen und die so unwahrscheinlich, romantisch und seltsam waren, wie es die Schöpfungen ländlicher Darstellungskraft nach einem kalten und etwas langweiligen Winter nur sein können. Was mich betraf, so wurde ich, da mein Großvater der Notar der Margelasses gewesen war, durch ein weiteres Schreiben höflich gebeten, mich, sollte es mir möglich sein, in der folgenden Woche zum Schloß zu begeben.

Ich machte mich also am 15. April 1832 auf den Weg. Ich sehe noch heute das Notizbuch mit diesem Blatt vor mir, auf dem mit der entschlossenen Handschrift eines jungen Mannes quer vermerkt ist: »Drei Uhr Margelasse«, ohne das kleinste Ausrufezeichen, einfach so: »Drei Uhr Margelasse.« O nein, das Schicksal bedient sich nicht immer seiner Herolde, um seine Wendungen anzukündigen, oder vielleicht sind seine Herolde es auch leid, uns armen sterblichen Toren, die wir nun einmal sind, warnend zuzublinzeln ... Fest steht, daß ich an jenem Tage auf meinem schönen, rotbraunen Hengst vergnügt nach Margelasse trabte und daß der Wald, der vor dem Schloß lag, an jenem Tag nach Maiglöckchen duftete und die Wiese nach frischem, jungem Gras. Fest steht auch, daß dieses Schloß von klassischer Schönheit, so wie es mit seinen runden Türmen im Frühlingslicht vor mir lag, mich bezauberte mit seinen Pappeln und seinen Wiesen, auf denen bereits zwei prächtige Pferde herumtollten, das eine schwarz, das andere weiß; so schwarz und so weiß, daß ich, auf der Treppe angekommen, sie einen Augenblick zu lange betrachtete und Flora de Margelasse daraufhin bereits heraustrat und mit ausgestreckter Hand auf mich zukam. Da ich bereits wußte, daß diese Frau schön war, beugte ich mich verlegen und verwirrt über ihre Hand, und als wir uns schließlich anschauten, glaubte ich ihre blauen, glänzenden Augen, ihre zarte Jungmädchenhaut, ihr feines Gesicht, ihren festen und lächelnden und sanften Mund, die Anmut ihres Halses und ihrer Hände, ihr duftiges Blond, ihre tiefe, volle Stimme und ihre strahlende Freude wiederzuerkennen. Ich erkannte all das wieder, und ich wollte sie auf der Stelle heiraten, mit ihr Kinder haben, sie zärtlich lieben und mein ganzes Leben lang beschützen. Ich war noch ein einfältiger, alter junger Mann, der einst vergeblich eine herzlose Frau geliebt hatte. Aber das war bereits zehn Jahre her, und wenn ich auch kein alter Mann war, so war ich auch nicht leidenschaftlich oder schnell entflammbar. Mein Herz war viel langsamer als mein Körper und mein Verstand viel langsamer als mein Herz. Man wird auch verstehen, daß ich wie benommen war, als ich den Wunsch verspürte, Flora de Margelasse zu sagen: »Heiraten Sie mich«, anstatt: »Meine Verehrung.« Das alles konnte einem Schüchternen die Sprache verschlagen und vielleicht sogar einem Mutigen.

Drei Wochen lang habe ich dieses Heft nicht geöffnet. Das Schreiben oder die Erinnerung, oder beides zusammen, ist gefährlich, auf jeden Fall schmerzlich. Als ich neulich die Schilderung unserer Begegnung abschloß, sah ich, wie mir die blauen Zeichen entglitten und entschwanden. Ich sah alles davonfliegen: die Blätter dieses Velinpapiers, die Seiten meines Notizbuches, die Blätter der Liebesbriefe, die Herbstblätter im Wind und die Seiten aus dem Buch der Zeit, und ich sah mich wieder leicht zitternd auf dieser Treppe stehen. Ich roch das frische Gras der Wiese, den feinen Duft des Parfums auf Floras Hand, und ich glaubte hinter meinem Rücken das leise Geklirr des Zaumzeuges meines Pferdes zu vernehmen, das den Kopf bewegte. Ich sah die blauen Augen der schönen Flora, die so sanft und freundlich blickten, und ich sah mich in jungen Jahren, und sie. Ich dachte wieder an meine verrückte Frage: »Wollen Sie mich heiraten?« Und der lächerliche, aber ernste Kummer, der dumme, aber verständliche Schmerz, es nicht getan zu haben, machten mir auf einmal diese Erinnerung an Sonne, Schatten und mannigfaltige Gerüche unerträglich. So unerträglich, daß ich diese Erzählung beinahe abgebrochen hätte. Doch ich bin wieder hier und schreibe gegen meinen Willen und trotz meiner Abneigung davor, unglücklich zu sein, trotz meines Hasses auf alles, was mit Duldsamkeit, kultivierter Sehnsucht nach dem Vergangenen und verlorenem Glück zu tun hat. All dem zum Trotz, nur um des kratzenden Geräusches willen, das diese Feder auf diesem immer heller werdenden Papier verursacht. Ich schreibe für nichts und für niemanden, gegen den Widerstand des Papiers, das sich immer mehr gegen meine Schrift sträubt, die immer schwieriger zu entziffern ist, auf diesen vertrauten, widerlich vertrauten Blättern und in dieser Hausschloßwohnung, die niemand mehr betritt, abgesehen natürlich von meiner friedlichen und kurzsichtigen Haushälterin, ihren Aushilfen und ihrem weitsichtigen Gatten. Und abgesehen von dem Pfarrer von Nersac, der es nicht erträgt, daß ich meinen Glauben verloren habe oder es ihm zumindest in einer unverzeihlichen, launischen Anwandlung gesagt habe. Abgesehen von diesen liebenswürdigen, unscheinbaren Menschen mit welken Gesichtern, für die die Zukunft gleichbedeutend mit dem Tod ist und nichts Verheißungsvolles an sich hat, ist niemand mehr wieder hierhergekommen, seitdem Flora zum letzten Mal die Tür hinter sich geschlossen hat. Sie verließ dieses Haus in einem Kleid aus knisternder Seide, und ihre herrlichen, vollen blonden Haare flatterten im hellen Sonnenlicht wie eine dem Feind entrissene Oriflamme, flatterten wie zum Spott über ihrem Gesicht, das so bleich war und fortan alterslos und sogar geschlechtslos.

Ich war zweifelsohne der erste Mann aus Angoulême, der sich in Flora de Margelasse verliebte, was kein großes Verdienst war, denn ich war auch der erste, der sie sah. Aber ich war auch nicht der einzige, und ich glaube, daß ich seit dem Ende des Balles, dem ersten Ball, der in Margelasse gegeben worden war, eine ansehnliche Anzahl von Rivalen hatte. Auch ohne großes Verdienst ihrerseits, denn Flora war der Charme in Person. Diese Abendgesellschaft lieferte den ersten, aber endgültigen Beweis dafür. Denn aufgrund ihrer leichten Vorliebe für das Geheimnisvolle, eine Vorliebe, die ich immerfort beklagte, aber die den Grund der weiblichen Koketterie darstellt, hatte Flora es so eingerichtet, daß niemand sie vor diesem Ballabend wirklich zu Gesicht bekam. Sie verließ Margelasse nicht, oder besser gesagt, sie verließ es nur in ihrem leichten Einspänner, den sie selbst lenkte (eine aus England übernommene Sitte, zur großen Entrüstung der Damen von Angoulême) und den sie ausgezeichnet, aber mit hoher Geschwindigkeit fuhr. Die wenigen Männer, die sich während dieser zehn Tage auf ihrem Weg befanden, dachten zunächst eher daran, beiseite zu springen und ihr kümmerliches Leben zu retten, als es mit dieser Amazone zu teilen. Der Schimmel und der Rappe waren zwei englische Traber, zwei herrliche

Halbblüter, die Flora mit sicherer Hand vorantrieb, so daß man von ihr nur die flatternden Haare, die vor Begeisterung glänzenden Augen und eine mehr knabenhafte als weibliche Silhouette zu sehen bekam. Unsere schönen Damen von der Präfektur, die gewöhnlich ihre Röcke rafften, wenn sie in ihre Berline ein- oder ausstiegen, meinten, dieses sportliche Verhalten sei im äußersten Maße schamlos. Sie flüsterten sogar, Flora de Margelasse habe ihren armen Gatten wohl auf die gleiche Art, mit der Peitsche (obgleich man sie diese niemals bei ihren Pferden hatte gebrauchen sehen) vorangetrieben und ihn so ins Grab gebracht, im schnellen Trab und ohne Sonnenschirm. Die Frau Präfektin, in deren Gegenwart ich in meiner Einfalt eingeräumt hatte, daß Madame Knight, geborene Margelasse, nicht ohne jeglichen Reiz sei, und vor der ich, glaube ich, sogar so unfaßbar dumm gewesen war, dabei zu erröten, hatte ihre Waffen schon lange vor diesem berühmten Datum, dem 30. April, der ihre absolute Alleinherrschaft in Frage zu stellen drohte, blankpoliert. Die wenigen Dienst- und Küchenmädchen, die von diesen Damen zuvorkommenderweise zum Schloß geschickt worden waren, um der armen, unglücklichen Fremden beim Einrichten zu helfen, hatten sich alsbald alle in ein unerwartetes Schweigen gehüllt. Anscheinend hatte diese Frau es von der ersten Begegnung an verstanden, sich bei diesen Leuten beliebt zu machen. Das brachte viele Pläne durcheinander und stieß viele Neugierige vor den Kopf.

Der einzige Mann, der sie gesehen und mit ihr gesprochen hatte, war ich, dieser große Tolpatsch Nicolas Lomont, dem sein Amt als Notar zu diesem Privileg verholfen hatte. Man überhäufte mich mit Fragen, als ob ich mein Leben seit zwei Wochen zu Floras Füßen verbracht hätte. In Wirklichkeit sah ich sie nur dreimal eine halbe

Stunde, während wir über Geschäfte sprachen oder, besser gesagt, sie mich dazu brachte, über Geschäfte zu sprechen. Spontan und vertrauensvoll übertrug sie mir ihre Geldangelegenheiten und die Sorge um ihren Besitz. Dieses Vertrauen hätte mich begeistert, wenn ich nicht gespürt hätte, wie sehr dieses Gefühl von Sicherheit, das Flora de Margelasse in meiner Nähe verspürte, ein äußerst beunruhigendes Anzeichen dafür war, daß sie mich niemals lieben würde. Ich war nicht so dumm, um nicht zu wissen, daß es keine Liebe ohne Furcht vor der Liebe gibt, und Flora hatte keine Furcht vor mir, aber ich empfand Furcht davor, sie schon so zu lieben, wie ich es bereits tat. Ich werde hier nicht im einzelnen erklären, weshalb und wie ich Flora de Margelasse sofort und für den Rest meines Lebens liebte. Diese Erzählung, so befürchte ich, wird hierfür allein durch die Darstellung des Sachverhalts bei weitem genügen. Sagen wir einfach, daß ich mich von Beginn an damit abgefunden hatte, Flora zu lieben, und, was noch schlimmer war, ich war stolz darauf, sie zu lieben, von vornherein stolz auf alles, was sie mir antun würde, den grausamsten Kummer mit eingeschlossen. Was immer auch passierte, nichts würde mich erniedrigen können, wenn es von ihr käme. Das war alles, was ich wußte, und alles, was ich vom ersten Augenblick an erkannt hatte.

Auf diesem Ball versammelte sich also das ganze damalige Angoulême, ein Großteil der Einwohner aus Cognac, zahlreiche Adelige, die von überallher aus den Departements gekommen waren, einige Schriftsteller, zum allgemeinen Erstaunen aus Paris (als ob Paris nur von Degenerierten und Freudenmädchen bewohnt gewesen wäre), und sogar – Anlaß höchster Neugierde – ein oder zwei englische Paare. Doch ich kann das genauer zusammenfassen, wenn ich sage, daß ich mir von Beginn des Balls an wie ein Verräter vorkam, ohne zu wissen, gegenüber wem noch warum; und das ist ein Gefühl, das ich selten habe und das auch nichts in meinem Lebenswandel hervorzurufen scheint.

Artémise d'Aubec war da, mit ihrem Gatten Honoré-Anthelme d'Aubec, der, ich erwähnte es bereits, das Amt des Präfekten von Angoulême innehatte und darauf wartete, jenes von Lyon zu erhalten und schließlich seinen beruflichen Aufstieg in der Hauptstadt zu beenden, die, was immer auch behauptet wird, das begehrte Ziel aller kleinen politischen Köpfe aus der französischen Provinz ist. Honoré d'Aubec hatte politische und materielle Ambitionen, die allen bekannt waren. In der schweigenden Übereinkunft zwischen den d'Aubecs, der französischen Verwaltung und der Stadt Angoulême galt es als ausgemacht, daß der rotgesichtige und schwerfällige Honoré d'Aubec am Ende seiner Karriere Millionär sein und seine Frau mit der vollen Lautstärke ihrer kreischenden Stimme über Paris regieren würde. Während Artémise d'Aubec darauf wartete, bedrohte Floras Ankunft ihre Alleinherrschaft, und ich war nicht der einzige, der wußte, daß Flora sich einem Akt der Unterwerfung würde unterziehen müssen und sich in Artémises Schar der Ehrendamen einzureihen hätte. Andernfalls blieb ihr nur noch die Einsamkeit auf ihrem Schloß oder sogar die Flucht, wenn ihre Verachtung zu sehr stiege. Keinen einzigen Augenblick lang zweifelte ich an dieser Verachtung, der Verachtung einer edlen Seite gegenüber einer gemeinen, der eines natürlichen Menschen gegenüber einem affektierten, der einer charmanten Frau gegenüber einer Frau, die es zu sein glaubte.

Offen gesagt, ich befürchtete das Schlimmste von diesem Ball. Ich befürchtete und erhoffte es vage. Ich war noch jung genug, um mir auszumalen, wie ich einer Frau, die von Hunden angegriffen wurde, meine Unterstützung, meinen guten Ruf und meine Ehre anbot. Ich stellte mir vor, wie ich diesen armen Honoré ohrfeigen oder auf eine Beleidigung von Artémise unverschämt antworten würde, ausgerechnet ich, dem niemals zum richtigen Zeitpunkt, sondern erst drei Tage später die passende Erwiderung einfiel. Ich malte mir ein Melodrama aus, das sich an der Porte Saint-Martin ereignete ... Als das Gespann der Madame d'Aubec vor der Freitreppe von Madame Knight anhielt, glaubte ich an den Zusammenprall zweier Welten. Nun, wie alle restlichen Anwesenden sah ich nichts weiter als das Zusammentreffen zweier Frauen, die genügend liebenswürdig und höflich waren, um sich den sofortigen Anschein der innigsten und überschwenglichsten Freundschaft zu geben.

Dieser erste Ball war also ein Erfolg, und da Artémise d'Aubec es selbst sagte, galt es ein für allemal als abgemacht, daß Lady Flora Knight, geborene Margelasse, eine entzückende Frau war. Der guten Gesellschaft von Angoulême wäre es ein Vergnügen und eine Pflicht, ihrem Witwendasein eine Linderung zu verschaffen. Zweifelsohne werde sich auch eines Tages in dieser gleichen Gesellschaft ein recht attraktiver Mann finden, um sie endgültig darüber hinwegzutrösten: Das würde ein schönes Paar geben, das gut in dieses kleine Versailles in der Charente, das unsere gute alte Stadt geworden war, passen würde. Als sie bei Tagesanbruch den Ballsaal von Margelasse verließ, hatte Artémise d'Aubec bereits den Kopf voller Pläne zur Wiederverheiratung und trug diesen diskret freudigen Gesichtsausdruck zur Schau, den ihr die Vorstellung fremden Glückes immer verlieh (wohingegen ihr die Vorstellung fremden Unglücks einen Ausdruck strahlender Freude verlieh). Aber wie auch immer: Sie umarmte zehnmal nacheinander ihre liebe Flora, die sich dies gefallen ließ, und ich mußte mich den Tatsachen beugen. Meine Großmutter, meine Tanten, Elisa und Artémise hatten recht gehabt: Ich war nur ein alter junger Dummkopf und Provinzler.

Die Zeit der Picknicks brach an. Die Diners, Abendgesellschaften und Spaziergänge unter den Bäumen der Stadt wurden wieder aufgenommen wie zuvor, mit dem einzigen Unterschied, daß Flora jetzt daran teilnahm und ich unsterblich und hoffnungslos in sie verliebt war. Und so vergingcn dic Jahre 1832 und 1833, die anscheinend jahrzehntelang hätten andauern und sich in die Länge ziehen sollen, wie ein Traum. Ich sage anscheinend, denn abgesehen von meiner Liebe war alles ungewiß. Man kann sich der Gleichgültigkeit einer Frau niemals sicher sein. Man glaubt nein, und einer ihrer Blicke läßt einen denken ja. Man steht verzweifelt auf und legt sich, durch einen Händedruck ermutigt, außer sich vor Hoffnung schlafen. Ich hätte in diesem Zustand verbleiben sollen, denn diese andauernden Höhen und Tiefen hätten mich schließlich in einen Seelenfrieden versetzt, der nicht mehr von ihr oder meinem Herzen abhängig gewesen wäre, sondern von den Weisungen meines Verstandes. Nur, ich war auch in dieser Sache ein junger Draufgänger. Ich wollte wissen, was ich bereits wußte. Und außerdem – soll ich es zugeben? Ich nahm Flora mein eigenes Schweigen übel. Nach zwei Wochen mußte sie meine Gefühle kennen, und sie machte niemals die leiseste Anspielung. Einer Frau, die man liebt und die einem diese Liebe nicht erwidert, bieten sich wenig Auswege. Es gibt das bequeme Schweigen, das bösartig ist und wozu Flora, wie ich wußte, nicht imstande war, zu dem ich aber keine Alternative sah. Ich dachte, daß Flora, um unsere friedliche und für sie bequeme Freundschaft zu schonen, sich dafür entschieden hatte zu vergessen, was mir das Herz zerriß. An einem stürmischen Abend bat ich sie um ein Rendezvous, eine vertrauliche Unterredung, die sie mir sogleich gewährte, sogar ohne nach dem Grund zu fragen und ohne das geringste Anzeichen von Neugierde. Ich zitterte vor Angst, als ich am folgenden Abend, vor dem Diner, in Margelasse ankam; ich fürchtete mich vor der Verletzung, die sie mir sicher zufügen würde, und ich fürchtete mich vor dem glücklichen Dummkopf, dem närrischen Kind, das mich in der Nacht zwei- oder dreimal aufgeweckt hatte, um mir zu sagen: »Und wenn sie dir zufällig in die Arme fiele ... Und das alles nur ein Mißverständnis wäre ... Und sie, mit gebrochenem Herzen wie du, darauf warten würde, daß du dich ihr erklärst ...« Nachdem ich die Lampe wieder angezündet hatte und wieder zu mir gekommen war, hätte ich dieses närrische Kind mit dem Kopfkissen ersticken können, aber man tötet nicht sich selbst, man tötet nicht das Kind in sich, trotz aller Anstrengungen, die man darauf verwendet.

Flora erwartete mich draußen, beim Gewächshaus, das sie mit dieser fast amoralischen Gleichgültigkeit, die sie der Natur gegenüber immer an den Tag legte, betrachtete. Sie liebte nur das, was sich bewegte, die Menschen, die Hunde, die Pferde, den Wind. Sie trug ein Kleid aus einem graubeigen Stoff, dessen Namen ich nicht kenne, das beim Gehen raschelte und alle Strahlen der untergehenden Sonne einfing, so daß sie ebenso rosa wie grau gekleidet erschien.

»Wünschen Sie, daß wir ins Haus gehen«, fragte sie, »oder wollen Sie lieber draußen sitzen?«

Ohne meine Antwort abzuwarten, ließ sie sich auf eine Bank niederfallen, die die Terrasse schmückte. Sie erwartete wahrscheinlich, daß ich mich neben sie setzen würde, aber ich nahm ihr gegenüber auf einem bequemen Sessel Platz und richtete meinen Blick mit einem, wie ich hoffte, ernsten Ausdruck, der aber nur starr und verzweifelt gewesen sein muß, auf sie.

»Ich wollte Ihnen sagen ...«, begann ich.

Und ich hielt ziemlich lange inne, damit sie ihren Blick von ihren Händen, die sie gegeneinander preßte, erhebe.

»Flora ...«, sagte ich schließlich mit flehender Stimme.

»Ich hätte mir so sehr gewünscht ...«, begann sie.

Und als unsere Blicke sich endlich trafen, sahen wir, daß wir an dem gleichen Grad der Verzweiflung angelangt waren. Sie erhob sich, oder ich erhob mich zuerst, ich weiß es nicht mehr, sie nahm mich in ihre Arme, bevor ich sie in die meinen nahm – obwohl ich einen Kopf größer war als sie –, und sie wiegte mich, während ich an ihre Schultern hinsank, von Zuckungen heimgesucht, die ich nicht als Schluchzer bezeichnen wollte, da ich seit dem Tod meines Vaters, fünfzehn Jahre zuvor, nicht mehr geweint hatte. Wir wechselten einige wirre Worte und entschuldigten uns gegenseitig, bevor wir uns gemeinsam auf die gleiche Bank setzten. Es war alles gesagt worden mit Floras Satz: »Ich hätte mir so sehr gewünscht ...« und mit meiner Erwiderung: »Das macht nichts.« Und so waren wir übereingekommen, daß ich sie mein Leben lang lieben würde und daß sie mir niemals gehören würde.

Einige Wochen später, als ich zuviel getrunken hatte, bat

ich sie um zwei Stunden ihrer Nacht, wie man um ein Almosen bettelt. Als stolze Frau, aber stolzer auf ihre Sinnlichkeit als auf ihre Tugend, erwiderte sie mir, sie wolle hoffen, ich sei nach zwei Stunden ihrer nicht überdrüssig, sondern fühle mich ihr im Gegenteil nur verbundener. Sie fügte hinzu, sie selbst habe diesen sogenannten oberflächlichen Dingen im Leben immer Bedeutung beigemessen und selbst das Mitleid könne sie nicht dazu bewegen, diese Dinge als oberflächlich oder sogar vulgär einzustufen. Als wir wenig später wieder Atem schöpften, warf ich ihr andeutungsweise ihr Schweigen und die von ihr vorgegebene Ahnungslosigkeit von meiner Leidenschaft vor. Aber als ich von »bequemem Schweigen« sprach, wurde sie wütend.

»Sie hätten sich vorstellen können«, sagte sie zum ersten Mal trocken, »daß ich an Sie dachte, als ich schwieg, und nicht an mich. Es gibt Männer, für die die Dinge in dem Augenblick, in dem sie ausgesprochen werden, eine dreifache Bedeutung gewinnen. Vielleicht gehörten Sie zu denen, und indem Sie mir nichts sagten, glaubten Sie Ihren Gefühlen die Möglichkeit zu geben, zu vergehen. Das wäre nicht dumm von Ihnen gewesen, das versichere ich Ihnen. Worte sind oftmals verheerender als Tatsachen.«

»Es war also falsch von mir?« begann ich, aber sie lächelte und legte ihre Hand auf die meine, um mich zum Schweigen zu bringen.

»Nein«, sagte sie, »weil Sie es wollten.«

So verbrachten wir zwei Jahre wie im Traum, zumindest, was mich betraf, und ich wiederhole es noch einmal verschämt, es waren zwei glückliche Jahre. Ich sah Flora beinahe jeden Tag. Flora liebte niemanden mehr als mich. Sie verschwand nur einmal während des Winters 1834 für acht Tage, die sie in Paris bei den Freunden ihres Mannes verbrachte und die sie, so schien es, dem Theater, der Musik und der Gesellschaft von Schriftstellern widmete. Ich war der einzige, der wußte, daß sie dort auch einen Mann traf, eine mysteriöse und hochgestellte Persönlichkeit, dessen Situation, Posten und Gott weiß was noch alles ihn daran hinderten, mit ihr mehr Zeit als diese acht Tage zu verbringen. Ich wußte auch, daß Flora nicht übermäßig darunter litt, und diese sentimentale und auch leider sicherlich sinnliche Freundschaft hätte mir alle meine Chancen gelassen, wenn ich auch nur die allergeringsten gehabt hätte. Flora kehrte aus Paris mit neuen Toiletten, neuen Geschichten, neuer Frisur und neuen Marotten zurück. Sie hatte diese Heiterkeit und diese Lebensfreude an sich, die ihr Alter vergessen machten oder es als ein vollkommen nebensächliches Detail erscheinen ließen. Der Tag, an dem sie zurückkam, war für mich der glücklichste im Jahr. Ich ritt der Postkutsche entgegen, und als ich sie mit ihren acht Pferden in der Ferne sah, schlug mein Herz, als ob ich fünfzehn Jahre alt wäre. Aber übrigens, es ist nicht unsere Geschichte, die ich hier erzählen will, es ist die von Flora und einem anderen. Dieser andere erschien zu Beginn des Sommers 1833, vermutlich im Juni, denn eines der ersten Bilder von ihm, an das ich mich erinnere, ist das eines jungen Mannes, der vor dem Fenster der Frau Präfektin Artémise d'Aubec Kirschen ißt.

In Angoulême blickt man von dem großen Empfangssaal der Präfektur auf den Paradeplatz, dahin, wo sich die Tore der »Hostellerie du Progrès«, des Rathauses und die Fenster der bedeutendsten Notabeln öffnen. Hier treffen auch die vier großen Straßen, die nach Poitiers, Périgueux, La Rochelle und Bordeaux führen, aufeinander und umrunden gemeinsam den Platz, ohne ihn überqueren zu können. Denn der Paradeplatz dient allein den vergnüglichen Freizeitbeschäftigungen der Bevölkerung. Er ist von den schönsten Platanen umgeben, die den symmetrisch und harmonisch verstreuten Bänken aus grünem Holz ihren Schatten spenden. Die Kinder stoßen dort nur respektvolle Schreie aus, die Bürger verlangsamen den Schritt, und in der Mitte dieses nämlichen Platzes steht der schönste Musikpavillon der Region und, wie man sagt, von ganz Frankreich. Bedeckt mit rötlichen, durch die Witterung grün gewordenen Kupferplatten, ruht die Kuppel auf schmiedeeisernen und schlanken, aber stabilen Säulen, auf denen sich Weinranken und eherne Weinreben ineinander verflechten und schönste Wirkung zeitigen. Obwohl der Marmorboden schon immer vom Takt, den Tausende von Lackschuhen auf ihn schlugen, widerhallte, weist er nicht einmal geringste Spuren von Abnutzung auf. Drei Stufen führen zu diesem Podium, drei weitere in die Mitte zum Pult des Dirigenten des »Harmonieorchesters von Angoulême«, das die Einheimischen, die Blechbläser und die Fremden die Blaskapelle nennen. Auch ohne nun gleich die »Philharmonie von Covent Garden« zum Vergleich heranzuziehen, wie Artémise d'Aubec es immer so lustig formulierte, war es keine so schlechte Musik, die man dort spielte, selbst wenn sie von anspruchsvollen Hörern als seicht abgewertet wurde. An jenem Tag spielte das »Harmonieorchester von Angoulême« bei unserer Rückkehr von einem herrlichen Angelausflug, den Flora und ich unternommen hatten und der durch unsere kleine Verspätung zur Vorladung bei Artémise noch herrlicher geworden war, einen Walzer von Rossini, das heißt ein Thema von Rossini, das dank der sorgfältigen Mühen des Steuereinnehmers von Cognac mit einem Dreivierteltakt versehen worden war. Jeder Einwohner dieser Provinz spielte in seiner Freizeit eine Rolle, die im allgemeinen entgegengesetzt zu seiner öffentlichen Funktion war. In diesem Fall war es der Steuereinnehmer, der alle unsere sonntäglichen Konzerte nach seinem Geschmack arrangierte und aufeinander abstimmte. Aber da es ihm trotz all seiner Mühen nicht gelungen war, Rossini vollkommen zu entstellen, erklang eine schöne Musik, als wir das Haus der Präfektin betraten und ich, der Flora im Abstand von drei Schritten folgte und nicht wie sie das Feuer von dreißig Blicken zu ertragen hatte, vor ihr den neu Angekommenen erblickte: »Gildas Caussinade«, so stellte ihn mir die Herrin des Hauses vor und fügte sogleich hinzu: »Der Sohn meines Pächters Caussinade, den Sie wahrscheinlich kennen.« Ich fand diese weitere Angabe unnötig, aber den jungen Mann schien sie nicht im geringsten zu berühren.

Gildas Caussinade war sehr schön. Von überraschender Schönheit oder einer Schönheit, die zumindest mich überraschte, denn ich achtete niemals auf das Aussehen eines Mannes. Wie ich anschließend erfuhr, war er kurz zuvor dreiundzwanzig Jahre alt geworden; er hatte braune oder schwarze Haare, voll wie eine Pferdemähne, und strahlend weiße Zähne. In seinen Gesichtszügen, seiner Kopfhaltung und seinen Gesten lag etwas Feines, ganz und gar Aristokratisches und zugleich eine jugendliche Frische und männliche Entschlossenheit, die, da sie bereits mich anzog, auf Frauen unwiderstehlich wirken mußte. Er drückte mir herzlich die Hand und versicherte mir, daß sein Vater – von dem er ohne jegliche Herablassung, sondern im Gegenteil mit Respekt sprach – ihm bereits von mir als dem besten Notar des Arrondissements erzählt habe. Er bezog sich dabei auf einen Streitfall, den ich für seinen Vater geregelt hatte, und schien sogar diese Anerkennung, die meiner Person galt, zu teilen. Wenn er lächelte, kniff er seine Augen zusammen, und sein schmales Gesicht entspannte sich vollkommen; er sah aus wie die Jugend in Person. Er war entwaffnend, und wie alle Männer an jenem Tag fühlte ich mich entwaffnet . . . statt dessen hätten wir lieber zu unseren Waffen stürzen und ihn niederschlagen sollen . . .

Flora hatte bei unseren Freunden die Runde gemacht und kam bei uns, bei Artémise und mir, an. Sie stand hinter dem jungen Mann, den Artémise am Ellbogen festhielt. Sie ließ ihn nur los, um ihn am Ärmel seines Rockes zu ziehen, der etwas eng war und, wie ich als Einheimischer feststellen konnte, von »Jeannot le Paysan« stammte, der in der Tat mehr die Pächter der Umgebung als die Gäste dieses Salons belieferte. Sie zog ihn also kräftig am Ärmel, um ihn Flora vorzustellen. Er drehte sich um, und ich sah von ihm nur noch seinen Nacken und ein bißchen weiter entfernt Floras Gesicht, die ihn auf einmal direkt anblickte. Ich war neugierig auf ihre Reaktion. Ich erwartete Bewunderung auf diesem Gesicht zu lesen, das ich so oft betrachtet und liebkost hatte und dessen Züge ich jetzt, wie ich glaubte, zu deuten wußte. Ich erwartete Überraschung angesichts dieser Schönheit, deren Feinheit so brutal und deren Männlichkeit so distinguiert war. Nun, wider all meine und Artémises Erwartungen, die Flora so neugierig musterte, wie sie es zuvor bei all ihren Gästen getan haben mußte, setzte Flora eine Miene auf, die Überdruß, Kälte und beinahe Ablehnung ausdrückte, eine Miene, die sie übrigens sehr selten zur Schau trug und die, da sie sich sofort nach der zweiten, auch diesmal so plumpen Bemerkung Artémises zeigte, einen Außenstehenden wohl zu der Annahme verleitet hätte, diese Frau sei snobistisch und hochmütig, obwohl sie es überhaupt nicht war. Eine Miene, die anscheinend von Artémises Aussage hervorgerufen worden war: »Sie wissen schon, der Sohn unseres guten Pächters Caussinade?« Aber siehe da, eine Sekunde später vertrieb die herablassende und plump vertrauliche Art unserer lieben Präfektin wie durch Zauberei diese Wolke des Unmuts, diesen unerwarteten Hochmut. Und Flora, die dem jungen Mann ihre Hand reichte, nahm rasch den Gesprächsfaden auf:

»Mein Gott!« sagte sie. »Waren das nicht Sie, den ich vorgestern auf diesem Feld hinter dem Torweg sah? Einem Weizenfeld oder so etwas Ähnlichem?«

»Wir bestellen dieses Feld tatsächlich«, sagte der junge Mann ungezwungen, »aber das Feld gehört dem Grafen d'Aubec, dessen Pächter mein Vater ist, seit ungefähr dreißig Jahren, glaube ich.«

»Dann muß ich mich trotzdem bei Ihnen entschuldigen«, sagte Flora. »Meine Stute ist mir vorgestern durchgegangen und zwang mich, durch dieses Feld zu reiten, wobei all Ihre Setzlinge zerstört wurden . . . Ich wollte bei Ihnen vorbeikommen, um mich zu entschuldigen und Sie dafür zu entschädigen, aber ...«

»Das war nicht schlimm, machen Sie sich deswegen keine Gedanken«, sagte der junge Mann. »Ihre Stute springt wie ein Floh; sie ist so schön und so anmutig! Ich habe den Schaden heute früh ausgebessert, und man sieht nichts mehr. Der Graf d'Aubec wird es nicht einmal bemerken. Dagegen ...«

Er hielt inne, zog geheimnisvoll seine Augenbrauen hoch und beugte sich zu uns vor. Und instinktiv beugten wir uns zu ihm vor, als ob wir uns indiskreten Lauschern entziehen wollten. Aber Artémise sah sich zu ihrer großen Enttäuschung gezwungen, zur Tür zu eilen und den alten Friedensrichter und seine Gemahlin zu empfangen.

»Dagegen? ...« fuhr Flora ungeduldig fort.

»Dagegen hatte ich größere Schwierigkeiten damit als mit dem Feld ...«, sagte der junge Mann, während er seine Hände vorzeigte – Hände, die er bis dahin in bürgerlicher Manier hinter dem Rücken gehalten hatte und deren Schwielen, aufgeschwollene Gelenke und kurze Nägel er uns mit einemmal entgegenhielt, Hände, denen man ansah, daß sie die täglichen Arbeiten des Lebens verrichteten.

Es waren kräftige und sonnengebräunte Hände, durch körperliche Anstrengungen muskulöse Hände, Hände, neben denen die meinigen, obwohl deren Haut durch die Jagd, das Lenken des Kabrioletts et cetera gegerbt war, doch nur die Hände eines Städters waren. Hände auf jeden Fall älter als sein Gesicht, Männerhände und keine Knabenhände, von denen Flora sogleich ihren Blick abwandte, mit einer Hast, die ich, der große Dummkopf, auf Mitleid oder Scham zurückführte.

»Sie sind ganz wund ...«, sagte sie mit weicher Stimme.

»Es beschämte mich vor allem, in diesem Salon mit den Händen eines Arbeiters zu erscheinen ... Meine Anwesenheit hier ist ohnehin bereits ziemlich fehl am Platz«, fuhr der junge Mann glücklich und stolz lächelnd fort. Seine unbeschwerte und freundliche Art brachte mich plötzlich auf den Gedanken, daß er sehr glücklich darüber war, ein Bauer zu sein. (Seine Schönheit in Verbindung mit einem Titel hätte aus ihm sicherlich den arrogantesten jungen Aristokraten gemacht.) »Warum fehl am Platz?« fragte Flora, ohne ihn dabei anzusehen; sie hielt im Gegenteil ihren Blick starr auf Artémise gerichtet, die wieder auf uns zusegelte. »Ich hatte geglaubt, in England erfahren zu haben, daß die Menschen in Frankreich alle gleich behandelt werden und man sogar davon ausgeht, daß sie alle aus dem gleichen Ton sind. Ich glaubte sogar, man habe in diesem Land eine Revolution gemacht, um dies zu beweisen.«

»Das ändert nichts daran, daß ich Caussinade heiße«, sagte Gildan sehr sanft, und in seiner Stimme schwang überraschenderweise ein aufmunternder Ton mit. »Und daß mein Vater, mein Großvater und ihre Vorfahren Pächter waren und nur das Land anderer bewirtschaftet haben ... Wir sind eine Familie von Pächtern. Übrigens die besten in der Gegend. Nicht wahr, Monsieur Lomont?« fügte er lächelnd hinzu. »Sie haben vollkommen recht, ich kann es bezeugen«, sagte ich mit meinem festen Tonfall, den ich immer annahm, wenn man unvermittelt eine Frage an mich stellte, und der Flora zum Lachen brachte. Hier unterbrach mich auch schon Artémise, die atemlos, aber immer noch gut bei Stimme, zu uns zurückgekehrt war: »Meine liebe Flora, ich habe Ihnen diesen schönen jungen Mann vorgestellt«, sagte sie näselnd, »aber ich habe Ihnen nicht erklärt, was er hier macht.«

»Das ist nicht nötig«, sagte Flora kalt. »Monsieurs Gegenwart ist angenehm genug, Sie brauchen sie nicht näher zu begründen . . .«

»Stellen Sie sich vor«, fuhr Artémise unbeirrt fort, »dieser junge Apollo, der dank unseres guten Lehrers bereits ein Stipendium erhalten hatte oder einen Preis, oder Gott weiß was für eine Verrückheit, welche der Staat sich nun für die Jugend einfallen läßt, hat ganz allein ich weiß nicht was für ein Examen bestanden und ist gebildeter als ganz gleich welcher Mann hier . . . auf alle Fälle gebildeter als Sie, mein lieber Lomont, und um einiges gebildeter als Honoré; aber dieses Beispiel besagt natürlich nichts . . . Und wissen Sie, daß dieser junge Mann darüber hinaus noch schreibt?« Sie wandte sich wieder an Flora. »Und zwar Gedichte . . ., und daß diese Gedichte, anstatt hier in Angoulême unterzugehen, in die Großstadt gelangt sind und sogar in der *Revue de Paris* veröffentlicht worden sind! Ah, wie Honoré es so schön ausgedruckt hat, das ist, nach all den Jahrhunderten, wirklich die erste Überraschung dieser Art, die uns die Caussinades bereiten . . .«, schloß sie und brachte so ihren Wunsch zum Ausdruck, das Pächtertum der Caussinades bis zu den Kreuzzügen zurückreichen zu lassen und folglich auch ihren kleinen, ganz jungen Adel.

Ich weiß nicht, warum, aber ich habe eine farbenfrohe Erinnerung an jenen Nachmittag. Das Wetter war schön, ich sagte es bereits, und die untergehende Sonne schien hinter Flora durch die Fenstertür, entflammte ihr Haar, umschattete ihr Gesicht und verlieh dadurch den Augen einen lauernden und gefährlichen Glanz, der ihr sehr gut stand. Sie trug ein blaues, rhododendronblaues Kleid, dessen Ton durch Gildas dunklen Samtanzug noch hervorgehoben wurde. Es war schön anzusehen, schien mir, dieses leichte Pastellblau an dieser Frau auf dem Gipfel ihrer Schönheit, an dieser Frau im Sommer ihres Lebens; und an ihrer Seite diese schwarze, schlanke Gestalt in geradlinigem Samt, der das verhängnisvolle und unruhige Blut, das zweifellos in den Adern dieses jungen Mannes floß, kanalisierte. Artémise und ich waren ihnen sicherlich vom ästhetischen Gesichtspunkt her weit unterlegen: Ich in meinem kastanienbraunen Anzug und sie in gelbem Taft, den sie zu Unrecht für strahlend hielt . . . Es lag etwas Bezauberndes in der Luft an jenem Tag. So scheint das Schicksal oftmals gleich einer Krankheit vorübergehend innezuhalten, bis uns eine Krise packt und niederwirft. Es gibt oft friedliche Lichtungen, wo sie sich alle gemeinsam niederlassen und ausruhen, Liebende, Rivalen, Henker und Opfer, freundschaftlich vereint in der Erwartung eines Spazierganges, von dem sie noch nicht wissen, daß er höllisch sein wird.

»Mein Gott«, sagte Flora mit Ernsthaftigkeit, mit dieser Ernsthaftigkeit, die sie immer hatte und die zweifelsohne kritische Geister veranlaßt hätte, zu lächeln und Flora als einen »Blaustrumpf« zu bezeichnen, »mein Gott, Monsieur Caussinade, wie ich Sie beneide!«.

»Aber gewiß, wir beneiden ihn alle!« sagte Artémise gutgelaunt und wohlwollend und sogar mit einem Lachen, das ihren Satz paraphierte.

Und sie warf mir einen belustigten Blick zu, der soviel bedeutete wie: »Liebe Flora, einen Pächter zu beneiden. Oh, was für ein harmloses kleines Vögelchen.« Offensichtlich las sie meine Gedanken von den Augen ab, denn sie wandte sich plötzlich von uns ab und ging wütend in ihren Salon, zu den weniger poetischen, aber gediegeneren Köpfen.

»Dieses plötzliche Weggehen kommt mir sehr gelegen«, sagte Flora. »In ihrer Anwesenheit hätte ich es wirklich nicht gewagt, Sie zu bitten, uns einige von Ihren Versen aufzusagen, hier sofort . . .«

»Aber . . .«, sagte Gildas und errötete, »ich kann es nicht . . .«

»Bitte«, sagte Flora, »ich wünsche es mir. Im Ernst, ich wünsche es mir . . .«

Keiner außer Flora de Margelasse wagte es ernsthaft, über seine Wünsche mit einer solchen Unschuld zu einem so jungen Mann zu sprechen. Letzterer mußte es spüren, und er betrachtete sie auch ernsthaft, wobei auf seinem Gesicht einen Moment lang dieser Ausdruck glücklicher und reservierter Höflichkeit erlosch, der an seinen Zügen zu haften schien. Ich sah, wie er seine Zähne zusammenbiß, bevor er zustimmte und leise sagte: »Gut, wenn Sie es wollen, akzeptiere ich.« Flora lächelte ihn an. Sie lächelte ihn an, aber mit den Augen, so wie sie mich niemals angelächelt hatte. Denn sooft in ihrem Blick, den sie auf mich richtete, Respekt und Dankbarkeit lagen, so hatte ich darin niemals diese Angst, diese Herausforderung und diese Verwirrung gesehen, die ich jetzt erblickte und die sehr klar erkennbar waren. In einem solchen Maße, daß der junge Mann sich zur Fenstertür umdrehte, um sich den Blicken zu entziehen. Flora und ich, wir drehten uns sogleich auch um, um ihn in unsere Mitte zu nehmen, und während er mit den Fingern gegen die Fensterscheibe trommelte und nach Worten suchte, wurde ich plötzlich beim Anblick des grauen und in der Sonne goldenen Platzes an meine Kindheit erinnert. Ich sah mich als kleinen Jungen im roten Schulkittel, der hinter einem anderen im schwarzen Schulkittel herrannte und ihn unter dem wohlklingenden Geriesel des »Harmonieorchesters von Angoulême« und den entrüsteten Rufen unserer jeweiligen Mütter verprügelte oder sich von ihm verprügeln ließ. Dieser schlecht gepflasterte Platz mit seinen Lausbuben, zu denen auch ich gehört hatte, schien mir plötzlich meine Heimat und mein Geburtsort zu sein, dort lag mein Zuhause, und nicht hier, auf diesem Balkon, neben einer Frau, die mir das Herz zerriß, und einem jungen Mann, der ihr Gedichte vortrug. Was machte ich denn unter diesen Leuten, die, selbst wenn sie nicht alt, zumindest irgendwie Parvenüs waren. Ich wollte Murmeln spielen und mich mit einem Gleichaltrigen schlagen. »Dieser Junge wird nie erwachsen werden ...«, sagte meine Mutter. Und zweifelsohne rührte meine kindische Art von ihrem sich wenige Jahre später ereignenden Tod her. Aber in jenem Augenblick, vielleicht zum ersten Mal in meinem Leben, vermißte ich sie schmerzlich, wegen ihrer Wärme, wegen dieses Geruchs von Kindheit, den sie an sich gehabt hätte, und wegen des rauhen Stoffes ihres Hauskleides, in das ich, der kleine Junge, meinen Kopf hätte vergraben können. Kurz, ich trauerte um die Trauer, die ich für sie empfunden hätte, hätte sie nur lange genug gelebt. Ich vernahm plötzlich die Stimme des jungen Caussinade, eine gedämpfte, aber leidenschaftliche Stimme, die auch dumpf klang. Eine Stimme, die von seinem zur Balkonbrüstung gewandten Gesicht kam, eine tonlose Stimme.

Comme je vois monter le rose à tes paupières,
Comme je vois tes cils battant les mers brumeuses
De tes yeux entr'ouverts sur un rêve de pierre,
Comme je vois ta main sur le drap qui se creuse . . .

Er trug gut vor. Seine Stimme war leise, vertraut, und nachdem meine anfängliche Verlegenheit gewichen war, empfand ich Vergnügen dabei, seine Worte zu vernehmen. Ich fing an, ihm zuzuhören. Ich habe die Poesie niemals so geschätzt, wie es zu jener Zeit schicklich war, aber auch ohne mich dafür zu interessieren, war ich dafür empfänglich. Ich verstand ihn. Flora wies mich jeden Tag auf meine eigenen Begabungen in diesem Bereich hin, was mich, vor Dritten, sehr zum Lachen veranlaßte. Aber was mich, leider, wenn ich allein war, zum Eigenlob verführte. Es gab Momente in meinem Leben, wo ich mich von der Welt, von dem Kontakt mit anderen für Stunden oder auch nur für Minuten zurückzog. Und manchmal zwang ich mich nächtelang durch Träumereien, mit Büchern oder ohne irgend etwas zur Wahrheit oder – besser gesagt – zum Alleinsein. Ich weigerte mich, Dinge in der Art eines besonnenen Notars zu beurteilen, ich weigerte mich, meiner armen, ungebildeten Seele die blasierten Reden eines libertinistischen Herzens vorzutragen. Ich lehnte es ab, mir einzureden, daß die teilweise erfolgte Eroberung endgültig meine Liebe zu Flora erkalten lassen würde. Ich vermied es, mich anzulügen. Ich wies die Eitelkeit, den Wunsch, glücklich zu sein, den Wunsch, mich auszuruhen, meinen Stolz und meine Verletzungen zu pflegen, zurück. Ich erinnere mich sogar, für diese Gewissenserforschung fiebrig erregte Whistrunden und Sofas, die einer lauten, erheiterten Gesellschaft Platz boten, verlassen zu haben, einfach so, ohne mich zu entschuldigen; und sogar diese Abendgesellschaften unter freiem Himmel, auf die ich so versessen war, diese Abendgesellschaften, bei denen schließlich die Kleider der Frauen auf dem dunklen, wohlriechenden und fremden Gras ganz weiß und bleich wurden. Ich erinnere mich, unzählige freundschaftliche und warme Zusammenkünfte rückwärts, Schritt für Schritt, verlassen zu haben, all dies, um allein zu sein . . . Ah, ich kann sagen, es ist mir gut gelungen! Ich bin jetzt vollkommen allein. Ich habe nicht einmal mehr die Wahl, es nicht zu sein. Außerhalb meiner Kanzlei erwartet mich niemand, der mich dazu veranlassen könnte, einige Veränderungen meiner Persönlichkeit zu versuchen, Veränderungen an der festgelegten Persönlichkeit eines rechtschaffenen Provinznotars, eines reichen, egoistischen Pedanten und heimlichen Paragraphenreiters. Es gibt niemanden, bei dem ich das herzerweichende und traurige Bild eines unglücklichen und einsamen Sechzigjährigen auch nur entwerfen könnte. Anscheinend ist das Melancholie: die Vergangenheit aufzugreifen unter dem Vorwand, die Gegenwart zu rekonstruieren. Eine Gegenwart, für die sich übrigens niemand interessiert. Diese Fragen nach Datum und Stunde, diese pedantischen Wegbeschreibungen, diese sentimentalen Pilgerfahrten sind alles Ansatzpunkte für Vergleiche oder werfen bittere Fragen auf, die man sich nicht selbst stellt, sondern die in einem aufsteigen: die hartnäckigen Refrains der Gegenwart, die allmählich die bereits leeren Strophen der zweiten und dritten Vergangenheit übertönen. Vergeblich ziehe ich die Zügel an, ich schlittere hin und her, ich schweife ab von der Frage: »Was tat ich also am Sonntag morgen beim Aufwachen?« zu einer anderen: »Und was machst du jetzt, gegenwärtig?« Was macht dieser Mann, der im Alter von dreißig Jahren in fröhlicher Begleitung ausritt, dieser Mann, der sich auf den Wiesen und in den Lichtungen aufrichtete und sich in dem Dickicht und dem Gestrüpp der Charente vorbeugte, sich über den Hals seines Pferdes neigte? Er ist dieser Mann da geworden, der schamvoll seine intimsten und wehmütigsten Gedanken niederschreibt, dieser Mann da, der mit Abscheu die Vormittage vorüberziehen sieht, die den Abenden gleichen, dieser Mann, der erschrickt und die Augen verdreht, wenn er diese neuen, von eisernen Pferden gezogenen Maschinen mit ihrem Weltuntergangslärm erblickt. Dieser Mann, der ebensosehr den Fortschritt und die Zukunft wie seine Vergangenheit und seine Niederlagen verabscheut. Dieser Mann, den seine Einsamkeit in die Verzweiflung treibt, ohne daß sein Gesicht oder seine Stimme dies jemals erkennen lassen; dieser Mann, der niemanden hat, um sich bei ihm zu beklagen, niemanden, um ihn zum Lachen zu bringen, dieser Mann, der seine Nächsten, seine Freunde und seine Liebschaften aufgab, um allein zu sein und allein nachzudenken, es ist nun dreißig Jahre her ... Ist das nicht im höchsten Sinne komisch?

Ich kehre auf meinen Balkon zurück, zu Flora und Gildas, die ich nochmals betrachte, wie sie beieinanderstehen, sich anschauen und miteinander sprechen. Als ich sie etwas später wieder zusammen sah, war das Unglück bereits geschehen und so gründlich, daß es augenscheinlich war. Und ich, der abgewiesene Verehrer, war der erste gewesen, der erfahren hatte, daß dies einem anderen nicht widerfahren würde.

Zwei Wochen lang wurde nicht mehr von Gildas Caussinade gesprochen, und man sah ihn auch nicht mehr in Angoulême. Eines Abends, bei Einbruch der Dämmerung, glaubte ich ihn zu sehen, wie er hinter den Ochsen, die durch das große Feld am Fluß Furchen zogen, den Pflug seines Vaters lenkte. In Wirklichkeit sah ich ihn sehr genau und erzählte Flora, ich hätte nur »geglaubt«, ihn zu sehen. Ich log sie an, wie ich mich heute auf diesem weißen Papier anlüge, ohne zu wissen, warum. Wenn ich darüber nachdenke, glaube ich, daß es aus zwei Gründen geschah. Der eine, unausgesprochene, war meine Abneigung dagegen, Flora an die Existenz dieses allzu schönen jungen Mannes, der vorgab, ein Dichter zu sein, zu erinnern. Der andere war eine Art Gewissensbiß, denn ich hatte Gildas Caussinade sehr wohl gesehen – in der knechtischen Haltung, die seit Generationen die der seinesgleichen war: vorgebeugt, mit gekrümmtem Rücken die Pflugschar niederdrückend und mit hervortretenden Muskeln unter seinem groben Leinenhemd. Zu meiner Überraschung hatte ich deswegen ein geheimes Vergnügen empfunden, das nicht frei von Niedertracht war. Und Niedertracht verabscheue ich, vor allem bei mir. Denn während ich auf meinem schönen Goldfuchs sitzend mit meiner ledernen Reitpeitsche in der Hand dem jungen Mann bei der Arbeit zuschaute und spürte, wie mein Seidenhemd und mein Jabot im Wind flatterten und das weiche Leder meiner Stiefel am Sattel rieb, hörte ich, wie sich in mir eine sarkastische Stimme erhob, eine Stimme, die schon jetzt dieses Treffen für Flora kommentierte: »Meine Liebe, ich habe soeben unseren kleinen Bauerndichter gesehen, wie er seine Verse und Sonette in ziemlich tiefe Furchen säte. Ich hoffe, sie werden ebenso zahlreich und dicht hervorsprießen wie das Getreide auf unserem guten, alten Erdboden ... Übrigens, die Feldarbeit tut diesem Jungen gut. Er wirkte viel gewandter und lockerer als in Artémises Salon.« Diese Stimme versetzte mich ebenso wie die Leichtigkeit meines Scherzes in Schrecken. Ich erkannte mich nicht wieder. Und in der Tat, es war nicht ich, der so sprach, es war ein zukünftiger Lomont, ein zukünftiges Ich, dem ich schließlich eines Tages vollkommen gleichen würde, an einem Tag der Wut und Verzweiflung, von dem mir das Schicksal, immer zu einem kleinen Scherz bereit, einen Vorgeschmack vermittelte. Es waren zweifelsohne diese beiden Gründe gewesen, die mich veranlaßt hatten, Flora zu sagen, ich hätte geglaubt, Gildas Caussinade zu begegnen, und nicht, ich sei ihm begegnet.

Fest steht, daß ich ihn vergaß und dachte, Flora ginge es genauso. Als wir eines Tages nach einem Picknick auf Pilzsuche gegangen waren, zusammen mit dem Chevalier d'Orty, von dem man sagte, er habe die Präfektin erobert, und der nun, wie es schien, mit weit geringerem Erfolg der unnahbaren Flora den Hof machte, fanden wir uns, Flora und ich, auf einmal allein, fast völlig ausgestreckt, im Gras hinter einer kleinen Baumgruppe wieder, während der Chevalier mit flehender Stimme rief: »Flora! Flora! Schöne Flora!« Flora verachtete ihn. Und sie hatte die auf dieser Welt so seltene und vor allem in unserer Gesellschaft so unübliche Angewohnheit, dem, was sie verachtete, zu entfliehen. Wir sahen ihn also vorbeigehen und in seiner schönen weinroten Kleidung hinter einem Baum verschwinden, und Flora legte sich auf den Rücken, verschränkte mit dieser inneren Ruhe, die ihr die Gewißheit meiner Liebe gab, ihre Arme hinter dem Kopf. Ihre Haare vermengten sich mit dem bereits rötlichen Gras, die Sonne hob die blaugrüne Farbe ihrer Augen hervor, und ihr Hals, von den Ausritten und Spaziergängen an frischer Luft leicht gebräunt, ließ sie noch jünger als sonst erscheinen. Zwischen ihren Lippen sah ich ihre strahlenden Zähne und verspürte wieder einmal Abneigung dagegen, daß diese Liebe, mit der sie mich erfüllte, genau von der Beschaffenheit war, die mich daran hinderte, über sie herzufallen. Um sie nicht mehr sehen zu müssen, legte ich mich meinerseits der Länge nach in das Gras, mit hinter dem Kopf verschränkten Armen, und schloß die Augen. Vor meinem inneren Auge tauchte Floras Gesicht auf, zog an mir vorbei, verflüchtigte sich und blühte wieder in seiner jungen, herrlichen Schönheit auf. Sie hielt ihre Augen ebenfalls geschlossen, ich fühlte es zumindest, denn es war die Stimme eines Menschen mit geschlossenen Augen, die sich plötzlich neben mir erhob, eine Stimme, die verträumt klang und wie betört durch ihre eigene Melodie. Eine plötzlich rauhe und sinnliche Stimme, eine Stimme, die Flora in der Nacht im Bett mit einem anderen Mann haben mußte, eine Stimme, die murmelte:

> Comme je vois tes cils battant les mers brumeuses
> De tes yeux entr'ouverts sur un rêve de pierre . . .

Sie hielt inne. Und ich blieb wie gelähmt liegen. Mein

Herz stand still, und ich wagte nicht, die Augen zu öffnen noch neben ihr zu bleiben und ihr ins Gesicht zu sehen, so sehr fürchtete ich, die schreckliche Eifersucht, die bestialische Wut, die beim Erkennen dieser Verse in mir aufgestiegen waren, müßten auf all meinen Gesichtszügen sichtbar sein. Und sicherlich hatte sie selbst mitten im Gedicht begriffen, daß ich es wiedererkennen könnte, hatte aber weder sogleich innehalten noch es bis zum Ende zitieren können. Die Intensität meines Schweigens oder die Anspannung meines Körpers hatten sie vielleicht beunruhigt, aber zu spät. Ich zwang mich zu Schweigen und Bewegungslosigkeit, bis sie ohne ein Wort zu sagen weggegangen war, und bis ich mir selbst anhand einer von vielen Vernunftgründen und gesundem Menschenverstand bestimmten Beweisführung bestätigt hatte, daß es weder grauenhaft noch aufschlußreich war, daß sie ein Gedicht von Gildas Caussinade auswendig zitieren konnte.

Im übrigen erfuhr ich einige Tage später von Artémise, nachdem ich diesen lächerlichen Zwischenfall – ich bezog dabei »lächerlich« auf meine Reaktion – einer falschen Vergessenheit anheimgegeben hatte, daß Gildas Caussinade nach Paris abgereist war und daß dies ein Geheimnis war. Wäre es nur allein von mir abhängig gewesen, so wäre dieses Geheimnis so lange wie möglich ein Geheimnis geblieben.

Ich erlebte damals zwei glückliche Wochen. Es regnete volle acht Tage lang in diesem Sommer 1833. Die folgende Woche war dafür um so sonniger; die Sonne schien um so reuevoller, als sie so lange unentschuldigt ferngeblieben war. Ihre warmen, goldenen oder rosa Strahlen ergossen sich unablässig über die gelben Weizenfelder, die Bäume und die von diesem ganzen Regen grünen Wiesen, über die gewaschenen Häuser, die sauberen Tiere, die tiefen, reißenden Flüsse, über eine mit Pfützen gepflasterte Provinz, die in Wasser und neuentstandenen Bächen versank und wo die Schritte der Pferde nicht widerhallten, sondern in einem saugenden Geräusch erstarben. Eine Art Mattigkeit vermischte sich mit diesem Regendunst. Wie soll ich es erklären . . .? Man galoppierte nicht mehr, man trabte dahin. Es schien, als sei der Ausgang des Kampfes zwischen Sonne und Wasser ungewiß und daher angenehm. Überall hing ein flüssiger Schleier dazwischen, wie ein Spinnennetz, und erstickte die Stimmen, verlangsamte die Gesten, machte die Gesichter milder, die Herzen weicher und den Teint reiner. Flora war sanfter. Wir ritten zusammen aus, wir speisten zusammen, wir lachten zusammen, und ich schmollte allein; und das so selten, daß man uns für jung verheiratet hätte halten können und sogar, bei dieser Schmollerei, deren Anblick sie zurückwies oder nur durch ein noch sanfteres Lächeln als gewöhnlich kommentierte, an eine stillschweigend wiederaufgenommene Komödie hätte glauben können. Innerhalb von zwei Wochen tat ich ihr nur dreimal kund, was mir am Herzen lag: daß ich sie liebte, daß ich sie wollte und daß mein Leben ohne sie nichts mehr wert war.

Das erste Mal, gleichsam versehentlich, gegen Abend in einem Gang des Jagdhauses von d'Orty, wo wir, sie mit Blumen und ich mit Wild beladen, bei dem vergeblichen Versuch, aneinander vorbeizukommen, beide zwei, drei Schritte von links nach rechts machten, aber dabei jeweils auf die gleiche Seite traten und uns so dreimal ungeschickt und geschwind den Weg versperrten. Das Scheitern unserer Ausweichmanöver brachte uns dazu, dicht voreinander stehenzubleiben, lächelnd und verärgert – zumindest, was sie betraf. Ich sah, wie die Verärgerung in ihren Augen der Panik wich, als ich sie bat, hingerissen von dem, wie mir schien, aufrichtigsten, zutreffendsten und unwiderstehlichsten Ausbruch meiner Natur, mich zu lieben, sich nicht mehr zu rühren. Ja, ich erinnere mich genau daran, gesagt zu haben: »Lieben Sie mich, Flora. Bleiben Sie wirklich stehen und lieben Sie mich.« Ihr Blick flackerte, sie öffnete den Mund, und ich weiß bis heute noch nicht, was sie mir geantwortet hätte – noch immer versuche ich es nicht zu wissen –, wenn nicht die dröhnende Stimme des Präfekten gerufen hätte: »Na, so was, Lomont, es scheint, wir machen unseren Hof wie ein Husar?«

Das zweite Mal war besser vorbereitet und auch grausamer. Sie war den ganzen Tag über, während eines Picknicks am Ufer der Arce, so herrlich natürlich sanft und aufmerksam zu mir gewesen, und ich war so glücklich zu mir nach Hause zurückgekehrt, um mich für den Abend umzuziehen. Ich war so glücklich und so unglücklich, ihr dieses Glück, die übergroße und sinnlose Dankbarkeit, die ich ihr dafür entgegenbrachte, nicht mitteilen zu können . . . Und als ich im Spiegel meines Waschtisches dieses hingerissene und begeisterte, dieses rundliche und kindische, vor Glück fast dumme Gesicht sah und mich in diesem Gesicht wiedererkannte, mich, Lomont, den friedlichen Notar aus Angoulême, beschloß ich, daß ein Alibi gefunden werden mußte, irgendein Grund für das Sein dieses Unbekannten. Ich entschloß mich, vernünftig die unvernünftigste Sache zu machen, die mir unter den Umständen möglich war: Ich beschloß, Flora zu fragen, ob sie mich liebte. Als ob in dem Falle, daß dies zugetroffen hätte, ich es nicht hätte wissen können, als ob irgendein geheimes Veto diese verwitwete und unabhängige Frau bis dahin gehindert hätte, einem vor Liebe wahnsinnigen Mann (der es ihr hundertmal zu verstehen gegeben hatte) zu gestehen, daß seine Liebe geteilt wurde. Trotzdem. Mit diesem zähen Optimismus, der typisch für Verliebte ist, tat ich so, als ob dieses geheimnisvolle Veto existierte. Ich zog mich an, kämmte mich und machte mich, gestiefelt und gespornt, eilends auf den Weg nach Margelasse. Kaum vom Pferd abgestiegen, nahm ich meine beiden Handschuhe in die linke Hand und begab mich unverzüglich in den blauen Salon, um vor ihr in die Knie zu gehen. Gott sei Dank war Flora allein, und meine Ankunft, mein Elan und meine Positur ließen sie ungläubig sprachlos und sicherlich fassungslos die Augenbrauen hochziehen. Zum ersten Mal sie aus der Sicht eines Kleineren betrachtend und ein Knie fest auf einen alten Parkettboden voller Splitter gepreßt, sah ich ihren Hals von unten, die Poren ihrer Haut an dieser Stelle, die so empfindlich und so zart ist, daß selbst die leidenschaftlichsten Jäger erzittern, wenn sie ihre Opfer da berühren. Ich nahm die kaum sichtbare schmale Vertiefung der Haut um das Kinn wahr, eine Linie, die man später Falte nennen würde – und von der ich verzweifelt hoffte, sie eine solche werden zu sehen. Ich hoffte, sie würde sich eingraben, Floras Gesicht bis zur Häßlichkeit entstellen und für mich ein Zeichen dafür sein, daß ich gleichzeitig Floras Lebensgefährte und der Zeuge ihres Alters sein würde. Ich betrachtete ihre so feinen und hellen Haare am Ohr, das breite und sinnliche Ohrläppchen und diesen kräftigen Hals, der so gerade wie der einer Statue war. Ich sah dieses ganze Gesicht mit dem Auge eines Ästheten, Räubers, Draufgängers und abgöttischen Verehrers, bis ich ihrem niedergeschlagenen Blick begegnete und mich ohne ein Wort zu sagen erhob, den Salon durchquerte und im Galopp durch die große Allee wieder zurückritt. Diese stummen Szenen, die in den Büchern immer so entscheidend sind, hätten mich belehren sollen: In der Liebe ist das Schweigen viel aufschlußreicher als alles Gerede. (Unsere so lyrischen Schriftsteller scheinen mir da ziemlich häufig einem Irrtum zu unterliegen.)

Vier Tage später, beim Walzertanzen im Salon des Chevaliers d'Orty – ein Tanz, den ich durch eine extravagante Laune des Zufalls hervorragend beherrschte und bei dem mein Körper, ungeachtet seiner Schwerfälligkeit und seines Gewichtes, leicht und wie durch unbekanntes wienerisches Blut beschwingt wurde –, beim Walzertanzen mit Flora also schienen mir die Wiederholungen dieser drei Takte des Walzers vermutlich die Wiederholung meiner Geständnisse zu rechtfertigen, und ich beugte mich mit benebelten Sinnen und trunkenem Körper zu Flora vor. (Eine vor Schönheit strahlende und beunruhigende Flora übrigens, wie jedesmal, wenn sie sich wirklich amüsierte.) Da ich in meinem Inneren den gleichen Takt vernahm – eins, zwei, drei, ich liebe sie, ich liebe sie, eins, zwei, drei –, sagte ich es ihr, wobei ich meinen Arm um ihre Taille schlang, ihren Körper an den meinen drückte und den wollüstigen Schwung der Violinen ausnützte, um bei mir und ihr einen gleichermaßen sinnlichen Schauder zu erregen, einen Schauder, der ihren Widerwillen erzeugt hätte, wenn sie mich gehaßt hätte. Ich fand ein allem Anschein nach unschuldiges Vergnügen daran – durch die körperliche Nähe, die verführerische Musik und die Wärme unserer Körper ein unvermeidliches Vergnügen. Nun, wie auch immer, ich führte mich auf wie ein Stallbursche, und ich erblickte Flora im Spiegel hinter ihr und sah, wie plötzlich an ihrem Nacken und ihren entblößten Schultern die Röte emporstieg.

Das waren also inmitten dieser zwei glücklichen Wochen die einzigen Erschütterungen meines Glücks. Und ich sage das ohne Ironie, denn schließlich waren meine Versuche die einzigen Momente, in denen ich mich zwang zu leiden. Während der restlichen Zeit unternahm ich, der Pedant, der Notar, der Mann, der die kleinen Tatsachen und Gesten menschlicher Existenz in detaillierte Akten verwandelte, nichts weiter, um die berauschendsten Gefühle, die ich jemals empfunden hatte, offen darzulegen. Ich ließ mich treiben und gab mich hin. Ich gab mich diesem matten Glanz der Augen hin, diesem Druck der Hände in der Dämmerung, dem betäubenden Duft der Linden auf den Terrassen, diesen schmeichelnden Haaren, diesen flaumigen Wangen, diesen Bällen, der Unsicherheit und dem Walzer. Diese vierzehn glücklichen Tage hätten vierzehn Jahre dauern können, ohne daß möglicherweise mein Körper und meine Sinne aufgewacht wären, wenn nicht eines schönen Abends wie ein Donnerschlag, wie ein unerwarteter Blitz Gildas Caussinade mit einer Narbe an der Stirn mitten während eines schönen Balls wieder erschienen wäre. Sein unvermittelter Eintritt ließ das Orchester zwei Takte und die Tänzer zwei Schritte überspringen, und er brachte auch das Herz vieler Frauen zum Hüpfen, so schön und tragisch war er im Schein der Kerzen. Das Orchester verstummte. Eine theatralische Stille breitete sich aus, und ich verspürte einen Augenblick lang die Lust loszulachen, trotz meiner Eifersucht, die sich in Neugierde, fast Sympathie verwandelt hatte; Gefühle, die dieser erschöpfte, atemlose junge Mann trotz meiner Mißgunst hervorrief.

»Ich bitte Sie um Verzeihung«, sagte er mit einer Stimme, die für jemanden, der so bleich war, überraschend fest war, und er wandte sich ganz offensichtlich mehr an Flora als an die Herrin des Hauses. Ich sah sie an. Flora war so weiß, wie ich sie niemals zuvor gesehen hatte. Sogar an jenem Tag, an dem ihr Pferd durchgegangen und erst nach zwei Meilen wieder zu bändigen gewesen war, war sie nicht so weiß gewesen.

Paris war damals von Barrikaden übersät. Gildas wurde mit Fragen überhäuft. Die Musik setzte erst später wieder ein, und es war zweifelsohne der gelungenste Ball der Saison oder, besser gesagt, jener, von dem es später hieß, es sei der gelungenste gewesen. Man mußte in der Tat schon so verliebt sein, wie ich es war, oder man muß in England auf dem Land Witwe gewesen sein, so wie Flora, um sich in jenem Sommer 1833 auf den Bällen in Angoulême zu amüsieren. Im übrigen waren meine Liebe und Floras Sorglosigkeit die Voraussetzungen für all die hier berichteten Begebenheiten. Nichts von dem, was sich ereignet hatte, nichts von diesem Durcheinander, von dieser Zerstörung aller Hoffnung und diesen Tränen wäre möglich gewesen, wenn nicht am Anfang die doppelte Einsamkeit von Flora und mir gestanden hätte.

Floras Erregung und Blässe angesichts dieses jungen Mannes hatten mich in abscheuliche Laune versetzt. Um sie nach Margelasse zurückzubringen, bestiegen wir ihr

Gespann, das von Hélio, Floras schwarzem Traber, einem herrlichen, immer sehr lebhaften Wallach, und von meinem Philémon, dem roten Traber, zu dessen Kauf sie mich an einem Markttag in Confolens veranlaßt hatte, gezogen wurde. Entgegen meiner Gewohnheit ließ ich die Pferde schnell loslaufen, und Flora, sofern sie es nicht bereits bis dahin bemerkt hatte, nahm meine schlechte Laune wahr. Sie versuchte dem abzuhelfen und ermahnte mich, ihren Whisky, wie sie ihr Gefährt spaßhaft nannte, nicht zu demolieren. Gewöhnlich vergnügte ich mich damit, ihr diesen Anglizismus, wie alle anderen, deren Gesamtzahl sich auf drei belaufen haben dürfte, vorzuwerfen. Diesmal tadelte ich sie nicht, und sie verstummte nachdenklich. Ich dachte nach oder versuchte es. Es kam mir plötzlich so vor, als wären meine Denkfähigkeit, meine Phantasie und mein Gedächtnis angesichts der Vorahnung künftigen Leids wie elektrisiert und als wären meine Sinne vor Eifersucht geschärft, damit ich jegliches Anzeichen, geeignet, diese Eifersucht zu erregen, besser sehen und hören könnte. Es kam mir plötzlich so vor, als käme hinter dem sorglosen jungen oder gutmütigen Mann, für den man mich hielt, ein düsterer Kranker zum Vorschein, ein böser und raffinierter Wahnsinniger, der versessen auf seinen eigenen Untergang war. Dieser Gedanke einer Aufspaltung meines Ichs kam mir zum ersten Mal. Das Schuldgefühl, die Abneigung und die Furcht, die diese Empfindung mir einflößte, veranlaßten mich, unsere Pferde mit der Hand und der Stimme voranzutreiben. Da sie sogleich meine Wut spürten, schnaubten sie zunächst unwillig und stürzten dann in die Dunkelheit davon. Unser Schweigen wurde während der folgenden zehn Minuten nicht unterbrochen, so sehr war ich damit beschäftigt, diese scheuenden Tiere zu bändigen und zu bezähmen.

Nach zehn Minuten, zehn Minuten voller Kurven im halb umgekippten Wagen, übersprungenen Gräben und niedergetrampelten Feldern, gelang es mir, die Pferde zum Stehen zu bringen. Ich sprang vom Wagen und ging zu ihnen vor. Nachdem ich sie an einem Baum festgemacht hatte, sprach ich ihnen gut zu, tätschelte ihren Hals und versicherte sie meiner Zuneigung und meines Bedauerns: Kurz, ich ging mit ihnen so um, wie Flora es mit mir hätte tun sollen.

Sie war auch herabgestiegen und zu mir vorgekommen. Sie war kaum erbleicht und hatte während dieser verrückten Fahrt nicht einen einzigen Schrei ausgestoßen, und dieser Mut, der mir am Vorabend noch bewundernswert erschienen wäre, ärgerte mich an diesem Abend. Ich blickte nach oben. Am dunkelblauen, mit Sternen übersäten Himmel stand ein herrlicher Mond, aber zahlreiche große, dicke Wolken, Nebelwolken aus dem Osten, bedrohliche, morbide Wolken schoben sich manchmal vor diesen regungslosen Mond. Mit zugeschnürter Kehle, den Kopf in den Nacken gelegt, betrachtete ich sie und kam wieder mühsam zu Atem. Meine Hände, die mit Schaum und Speichel bedeckt waren, lagen auf meiner schönen, neuen Hose: Eine Hose aus Nanking, zu deren Kauf mich Flora an einem launischen Tag auch überredet hatte. Und plötzlich erschien mir der Gedanke an all diese überflüssigen Einkäufe, an die Härte der Zügel zwischen meinen Fingern und an die Gewißheit meiner zurückgewiesenen Liebe lächerlich und traurig. »Nicolas . . .«, sagte Flora, und ich blickte auf sie nieder. Wir tauschten ein seltsames Lächeln aus. Ich erinnere mich plötzlich wieder daran: Es war wie ein Lächeln der Ergebenheit in das bevorstehende Schicksal . . ., bis ich wieder anfing, mir Fragen zu stellen.

Seitdem ich begonnen habe, die schöne weiße Oberfläche dieses Papiers vollzukritzeln, hatte ich gestern zum ersten Mal das Gefühl, mich an etwas Neues zu erinnern, auf eine Erinnerung zu stoßen, die mir bis dahin noch nicht bewußt gewesen war. Ich gestehe, daß mir das mißfallen und mich sogar erschreckt hat. Denn ich fürchte mich genauso vor der Milde wie vor der Gewalt dieser unbekannten Erinnerungen in meinem Kopf. Würde die Erinnerung an die glücklichen Augenblicke neue Trauer und Reue erzeugen und das Nachsinnen über die unglücklichen Augenblicke neue Kummerfalten graben? Was ist bloß in mich gefahren, daß ich dieses Heft aufgeschlagen habe? Und welche hartnäckige Erinnerung oder welcher köstliche Schmerz führte und führt jetzt, in diesem Augenblick, meine Hand?

Ich sitze hier allein in diesem Dachzimmer, wo ich meinen »Elfenbeinturm« errichtet habe, wie Monsieur de Vigny es so verächtlich schreibt. Ein Elfenbeinturm, der modrig riecht und den ich hinter mir absperre, ohne damit meine treue Haushälterin zu beruhigen. Sie glaubt, ich sei in meine Akten vertieft, und bekommt schon bei der Vorstellung, an diesem absonderlichen Ort zu arbeiten, einen Schrecken.

Mein Verzicht auf meinen schönen Mahagonisekretär,

den sie jeden Morgen poliert, betrübt sie. Wenn sie überdies noch den Inhalt dieser Akte kennen würde . . . Der Skandal von 1835 ist vorbei, aber die Erinnerung daran bleibt und verblaßt kaum. Selbst im Umkreis von über dreißig Meilen von Angoulême spricht man noch davon.

Abends sehe ich durch das kleine Fenster dieses Dachbodens, wie mein Haus, meine Bäume und all das, was ich besitze, von dem ich so lange geträumt habe, es zu teilen und das Wort »unser« hinzuzufügen, lange Schatten auf dem Rasen werfen. Seitdem das Leben mich zum Alleinsein zwingt, hasse ich all dies: mein Haus, meinen Rasen, mein Herz. Letzteres ausgenommen, hat all dies immer nur einen einzigen Besitzer gehabt; es zu verschenken oder zu teilen ist mir nicht vergönnt gewesen. Die Wiesen sind violett, die Herbstzeitlose ist aus dem Boden gekommen, und ihr leichter Glanz schimmert. Ich höre die Glocken der Kirche, das bedeutet Ostwind und Regen. Wenn Flora sie hörte, in Margelasse, dann bedeutete dies schönes Wetter. Wir hatten nicht den gleichen Wind, oder besser gesagt, Wind bedeutete für sie nicht das gleiche wie für mich. Es ist ziemlich dumm von mir, mich darüber zu wundern, daß unsere Heirat nicht zustande gekommen ist.

Gildas war nicht nur mit einer Narbe an der Stirn aus Paris zurückgekommen, er brachte auch zwei Exemplare der *Revue des deux Mondes* mit, in denen seine Verse veröffentlicht worden waren. Überdies hatte er sich auch an ein Theaterstück gemacht, mit der allergrößten Diskretion, einer Diskretion, die ihm übrigens beinahe sehr teuer zu stehen gekommen wäre.

In der Woche nach dem Ball begab ich mich eines Tages zu Flora. Ausnahmsweise kam ich zu Fuß dort an, nicht als junger Galan auf tänzelndem Pferd, da mein Hengst am Nachmittag geschwitzt hatte. Ich kam also zu Fuß dort an, und da ich niemanden fand, um mich hineinzuführen, ging ich auf den blauen Salon zu. Im Boudoir, vor dem großen Standspiegel, blieb ich eine halbe Sekunde lang stehen, um mir durch die Haare zu fahren, als ich plötzlich wie vom Blitz getroffen zusammenzuckte. Durch die halbgeöffnete Tür, die in den großen Salon führte, in dem Flora sich gewöhnlich aufhielt, hörte ich Gildas Stimme:

»Ich liebe Sie bis zum Wahnsinn! Die anderen interessieren mich nicht, die Verachtung Ihres Standes ist mir egal, nur Sie interessieren mich!«

Er sprach mit feurigem Eifer auf eine jugendlichmännliche Art, mit einer Überzeugung, die den Mörder in mir weckte. Ich machte zwei Schritte auf den Salon zu, näherte mich der Tür und dem Verbrechen. Meine Hand hatte das Jagdmesser an meinem Gürtel erfaßt, das ich gewöhnlich dort aufbewahrte, um Äste abzuschneiden, den Sattelgurt zu richten und die Hufe des Pferdes zu reinigen und nicht, wie man bei meinem Anblick an jenem Tag hätte glauben können, um meinem Nächsten die Kehle durchzuschneiden. Gegen meinen Willen, mit einer einzigen Bewegung war meine Hand zu diesem friedlichen Messer gefahren und hielt nun die glühende, nach Rache dürstende Klinge nach vorne gerichtet.

»Ach nein, wirklich? Sie lieben mich! Welch schönes Eingeständnis! Und was tue ich anderes, als Sie genauso wahnsinnig zu lieben und darauf zu warten, daß Sie es mir sagen?«

Es war Flora, die sprach, aber sie sprach diese Worte mit einer dramatischen Betonung, wobei die Endsilben undeutlich wurden ... Eine Sekunde bevor ich in den Raum stürzte, begriff ich, daß sie diese Worte von einem Blatt ablas. Ich begriff dies gerade noch rechtzeitig. Ich blieb stehen und hörte, wie sie lachend, mit einem herrlichen, reinen und ruhigen Lachen, das mich beschämte, sagte: »Gildas, Ihre Schrift ist unmöglich, wirklich!«

Als Antwort darauf lachte er, und ich selbst betrat lächelnd den Raum.

»Was ist denn das für ein Liebesgeschrei, das man vom Park her vernimmt?« fragte ich mit einer Liebenswürdigkeit, die Flora erstaunte, den jungen Mann aber nicht zu erfreuen schien. »Meine Liebe, ich hielt Sie nicht für eine so gute Schauspielerin«, fuhr ich rasch fort und gab ihr einen Handkuß.

Sie warf mir einen schnellen, forschenden Blick zu, der sie auf einmal falsch erscheinen ließ und mir mißfiel. Ich fühlte mich der Situation überlegen, spürte dem gegenüber, was sich hätte ereignen können, Verachtung. Ich fühlte mich ungezwungen, wagemutig und gleichgültig, und in der Tat, ich hatte die ganze Ungezwungenheit, den Wagemut und die Gleichgültigkeit an mir, die man empfindet, wenn man nach einem Unfall, den man für tödlich hielt, feststellt, daß man unversehrt ist. Weder der Fluß noch das Ertrinken flößt einem Angst ein. Man glaubt sich für immer aus dem Wasser gerettet, tritt lächelnd, heil und voller Verachtung zurück und stürzt in den offenen Abgrund hinter einem.

Ich werde mir gegenwärtig bewußt, daß ich ein Mensch bin. Bis Flora in mein Leben trat, war ich jedenfalls ein Mensch, der niemals mit sich selbst sprach. Ich fürchte, wie viele Männer und vielleicht Frauen meiner Generation. Nur die Dichter hatten ein Recht auf diese inneren Dialoge, und vielleicht übertrieben sie ihre Herzensergüsse, um sich für diese unnatürliche Stille zu rächen. Auf alle Fälle schilderten sie nicht uns. Niemand schilderte uns. Wir erlebten den Übergang zweier Epochen, in der einen war alles untersagt und wurde aus diesem Grund begehrenswert und unheilvoll, und in der anderen wurde vieles, weil man freizügiger damit umging, gleichzeitig mit seiner Duldung uninteressant. Beide Epochen haben eines gemeinsam: Sie werden immer, endlos, bis zum Lebensende und wieder und wieder, andauernd von einer Gesellschaft, die bei ihren Ermahnungen und Verboten den Kopf verliert, überwacht, kommentiert und anerkannt werden. Auf jeden Fall haben wir diese Dichter, wer immer sie auch sein mögen, um ihre Geschwätzigkeit beneidet. Der bürgerliche Anstand und der traurige Stolz, der darin besteht, sich zu sagen, man gehorche seinen Gesetzen, werden niemals das Bedürfnis mindern, laut zu schreien und sich zu Tode zu brüllen, wie ich es in diesem Augenblick tue – dieses Bedürfnis, das von jedem menschlichen Wesen so heftig empfunden wird. Wir sind, wir waren, wir werden sein ... Warum setze ich das alles noch in den Plural? Bedeutet das die letzte und lächerliche Ablehnung meiner Einsamkeit? Ich war, ich bin geknebelt und werde auch so sterben, versklavt von Gesetzen, Vorurteilen, Gebräuchen und Gewohnheiten, von Schrullen und Bequemlichkeiten und Verboten, gefangen in Fesseln, deren Grund und Nutzen ich niemals erfahren werde. Die Männer und die Frauen unserer Zeit wurden dazu gedrillt, sich gegenseitig unter den größten Respektsbezeugungen zu verabscheuen, und all jene von uns, die gewünscht oder gehofft haben, in der Liebe nach anderen Regeln als den sogenannten normalen und angenehmen zu spielen, haben sich manchmal verspottet und ausgeschlossen, aber meistens, was banaler ist, ein Leben lang an eine Fremde oder einen Fremden gekettet gesehen, die alle Sakramente, alle gesellschaftlichen Anerkennungen und alles Kindergebrabbel nicht verändern konnten; sie blieben hassenswert und zum Verzweifeln bösartig. Man bereitet uns auf einen Kampf, auf eine Konfrontation vor, jedoch keinesfalls auf einen Ehebund, nicht einmal auf diese Freundschaft, dieses Vertrauen, das der Leidenschaft folgen oder sie ersetzen kann. Gezwungenermaßen und gegen unseren Willen macht uns das entweder zum despotischen und gleichgültigen Herrn über Frauen, die wir nicht begehren, oder zum Opfer der anderen, zum Opfer derjenigen, die uns auf eine animalische Art gefallen und die sich bei uns für ihre Schwestern rächen, ohne es zu wollen, einfach aus unbewußtem Gerechtigkeitsempfinden oder Koketterie.

Es wird Abend. Die Bäume werfen keine Schatten mehr, und über den Wiesen liegt jetzt nur noch dieser leichte

Nebel, ein Vorbote der Nacht. Meine Geschichte ist heute abend nicht wie gewöhnlich fortgeführt worden, und wenn ich einen Leser hätte und wenn dieser Leser genügend geduldig gewesen wäre, um den kurvenreichen Umwegen meiner schönen, unglücklichen Liebschaft zu folgen, würde er sich vielleicht darüber beklagen ... Ich habe dennoch beschlossen, meine Erzählung fortzusetzen, aber ich bemerke, daß, wenn ich auch nicht die Fähigkeiten meiner berühmten Kollegen erworben habe, ich mir in jedem Fall ihre Laster angeeignet habe. Wenn ich das, was ich geschrieben habe, noch einmal lese, sehe ich nur allzu gut, mit welcher trägen Selbstgefälligkeit, mit welchem Vergnügen ich mich dazu hinreißen lasse, den Seelenschilderer zu spielen. Da sitze ich nun, ich, ein Notar in Angoulême, und bin damit beschäftigt, mit Autorität die Umrisse eines Herzens nachzuzeichnen, das ich nicht zu bewegen wußte, außer durch Mitleid. Da sitze ich und erkläre, kommentiere, deklamiere, verkünde und ermittle alle Feinheiten, die den anderen entgangen sind. Ja, wenn ich dies alles wieder lese und sehe, welche Ausbreitung meiner natürlichen Dummheit die literarische Eitelkeit bereits zurückließ, welcher Schwulst aus meiner Feder floß, so empfinde ich plötzlich Nachsicht im Überfluß für diese Literaten, die ich mein ganzes Leben lang so verspottet habe. Ich werde dieses weißhaarige, von seinem eigenen Gerede berauschte Haupt auf die Daunen meines Kopfkissens schlafen legen. Es scheint Zeit zu sein ...

Doch trotzdem, es bleiben mir zu viele genaue Erinnerungen, und da ich beschlossen habe, mir alles zu sagen und nichts zu vergessen, zurück in die Vergangenheit! Ich sehe mich wieder in diesem Boudoir, in jenem Augenblick, als Gildas einer Flora, von der ich nicht wußte, ob sie unschuldig war, seine Liebeserklärung vortrug. Ich sehe mich aufrecht stehend, den Dolch in der Hand, dazu bereit, einen jungen Mann und eine Frau, die mir beide keine Rechenschaft schuldig sind, zu beschimpfen und zu töten. Ich zittere an allen Gliedern, ich bin in säuerlichen Schweiß gebadet und muß mich auf einen mit strohgelbem Damast überzogenen Sessel stützen. Wenn ich sterbe, werde ich vielleicht noch einmal dieses kleine Boudoir sehen, durch das man in den großen Salon von Margelasse gelangte, ebenso wie diese geschlossenen Fensterläden und die durch ihre Ritzen dringenden goldenen und ockerfarbenen Sonnenstrahlen, in denen Staubkörnchen tanzten und sich vermehrten. Der Stoff des Sessels ist verblichen. Einer von Floras Ahnen wirft mir von der Wand einen belustigten Blick zu, der mich ihn hassen läßt. An der Spitze meines Stiefels klebt Dreck. Ich verspüre deswegen Gewissensbisse, als ob ich einen Fehler begangen hätte.

Ich bin ein Verlierer, verloren und lächerlich.

Denn wenn dies eine Probe für das Theater war, so war es auch gleichzeitig eine für mein zukünftiges Leben – das wußte ich in jenem Augenblick. Ich erinnere mich, daß ich mich schwankend aufrichtete und mit Widerwillen mein Gesicht im Spiegel betrachtete, und ich erinnere mich daran, noch einmal an ein Verbrechen gedacht zu haben, das ich hätte begehen sollen.

Ich entsinne mich, kurz darauf diese beiden gleich charmanten Wesen betrachtet zu haben, deren Eintracht mich bereits quälte. Sie hatten ihre Lektüre wiederaufgenommen, und Flora, die die Gegenwart eines Zuschauers zweifellos anregte, sprach besser. In Gegenwart eines Mannes, den dies zur Verzweiflung trieb, spielte sie ihre Rolle glaubwürdiger. Auf alle Fälle konnten Flora und Gildas, dank meiner Person, ihr leidenschaftliches Duett an jenem Tage ohne allzuviel Mühe zu Ende bringen. Als ich dies bemerkte, ergriff mich ein nervöses und sarkastisches Lachen, das ich nicht an mir kannte, ein Lachen, das mich gleichzeitig erleichterte und quälte. So begann die Entdeckung meiner selbst. So entdeckte ich in meinem Inneren einen Zuschauer und richtete zum ersten Mal diesen undurchdringlichen, blinden und kalten Blick, der im Laufe der Jahre allmählich mein einziger Blick geworden ist, auf meine eigenen Machenschaften. Ich sagte es bereits, seitdem Gildas angekommen war und sich zwischen Flora und mich gestellt hatte, wurde ich immer häufiger von den widersprüchlichsten Gefühlen hin- und hergerissen, Gefühle, die ich weder zu benennen noch einzuordnen wußte, Gefühle, deren Sinn und moralisches Echo mir entgingen. Bis dahin hatte ich mich selbst für eine anständige Person und für einen ziemlich mutigen Mann gehalten. Nun fühlte ich mich immer mehr wie ein Feigling, ein Schwächling und ein Lügner. Vor allem wie ein Feigling. Es kam vor, daß ich meinen Blick abwandte, wenn ich mich selbst im Spiegel erblickte, und einmal zerstörte ich sogar unwillkürlich mit der Hand mein Spiegelbild, das mir der Teich, wo ich mein Pferd tränkte, zurückwarf. Ich tat es, ohne darüber nachzudenken, so wie man sich die Zähne putzt oder das Gesicht wäscht, und es war die Berührung mit dem kalten, eisigen Wasser, die mir meine Geste und das, was sie bedeutete, bewußtmachte. »Aber du hast doch nichts getan ...«, stammelte ich, »du hast nichts Böses getan!« Und ich merkte plötzlich, wie ich mich selbst beschimpfte, allein auf einer Lichtung mit meinem Pferd.

Ich habe vergangene Nacht sehr schlecht geschlafen, und ich glaube zu wissen, warum. Dieses kindische Gefasel über meine Vergangenheit muß so schnell wie möglich beendet werden. Ich bin weder von ausreichend mitteilsamer noch von ausreichend falscher Natur, um mich dieser lächerlichen Beichte noch länger auszuliefern. Ende dieser Woche werde ich dies alles verbrennen.

An jenem Abend erfuhr ich beim Gespräch auf dem Rasen von Margelasse nähere Einzelheiten von Gildas' Reise in die Hauptstadt. Gildas hatte das Glück gehabt, auf Monsieur de Musset zu stoßen. Der Zufall hatte es gewollt, daß ihm seine Gedichte gefallen hatten, und vor allem, daß Monsieur de Musset sich auf einmal von den Schwächen seines Berufsstandes freimachen konnte und angesichts eines neuen Talentes mehr entzückt als wütend war. Ich werde hier nicht von Gildas Caussinades schriftlichem Werk sprechen. Im Grunde verstehe ich nichts davon. Letztendlich mag und schätze ich nur die notariellen Urkunden wirklich. Sie sind genau, möglicherweise kalt, aber aufrichtig. Die Menschen sind dumme Tiere, die immer von Stolz, Wut oder Brunst überwältigt werden. Es ist vor allem wichtig, sie zu beruhigen, sie in Klassen einzuteilen und sie in etikettierte Schubladen wegzuschließen. Das ist mein Beruf, und er ist ohne Zweifel einer der nützlichsten für unsere Gesellschaft.

Zurück zu Gildas Caussinade! Nach seinen Versen, die den Parisern gefallen hatten, präsentierte Gildas der Öffentlichkeit sein Gesicht, das die bereits begeisterten Leser nun vollends für ihn einnahm. Man feierte ihn, man vergötterte ihn, und ich muß sagen, daß er aus Paris zurückkehrte, als ob sich nichts dergleichen ereignet hätte. Er kehrte nicht wie ein junger Mann zurück, den man im »Café de Paris« gefeiert hatte und von dem Madame Sand selbst erklärt hatte, er sei verführerisch. Gildas Caussinade kam als der Bauernsohn zurück, der er war, nahm seine Heugabel und seine Egge zur Hand und hätte zweifelsohne nicht mehr von seinen Abenteuern in der Großstadt gesprochen, wenn Artémise und d'Orty, die auf alle Zeitschriften aus Paris abonniert waren, nicht das Loblied seiner Großtaten auf ihn angestimmt hätten. Man riß ihn von seinen Feldern, aus seinem Heu und von seinem Vieh fort und setzte ihn mitten in den Salon. Man tauschte seine Heugabel gegen eine Harfe und seinen Strohhut gegen einen Glorienschein der Poesie, der zu jener Zeit als unwiderstehlich galt. Von dem Duell, der möglichen Verschwörung oder den Barrikaden, von wo er seine Wunde, die quer über seine Stirn verlief, mitgebracht hatte, wußte niemand etwas.

Noch bis heute weiß ich nicht, was Gildas Caussinade von alldem hielt. Es mußte reizvoll für diesen jungen Mann sein, der seine Jugend, seine Zeit und seine Kräfte dazu verwendet hatte, Felder fruchtbar zu machen, von denen er nicht ein Korn erntete (und all das unter unseren verächtlichen und undankbaren Blicken), es mußte reizvoll sein, sagte ich, diese ganze hübsche Gesellschaft um sich herum versammelt zu sehen, die damit beschäftigt war, ihm die Sense zu entreißen, während sich die gleiche Gesellschaft einen Monat zuvor entrüstet hätte, wenn er diese Sense auch nur für fünf Minuten weggelegt hätte. Ich unterstellte ihm, ich wünschte ihm die bissigsten und verächtlichsten Überlegungen. Aber er bot meiner ständigen Aufmerksamkeit nur den Blick eines jungen Hundes dar oder den eines jungen, sensiblen Mannes, ebenso unschuldig wie verträumt. Er lächelte, seine Augen lächelten, und ich wußte noch nicht, ich wollte es absolut ignorieren, daß dieses nachsichtige und liebenswürdige Verhalten die tiefe, absolute Gleichgültigkeit war, die die Liebe einem glücklichen Liebhaber – oder einem, der fühlt, ein solcher zu werden – verleiht. Flora, auch sie mit verzücktem Gesichtsausdruck, spazierte überall herum und trug offen die Verse vor, von denen sie sich bei einem Ausflug, der noch gar nicht so weit zurücklag, gewünscht hatte, sie wären ihr nie über die Lippen gekommen. Monsieur Jules Janin, auf dem Weg in den Süden, nach Nîmes, erwies uns die Ehre, durch unsere gute alte Stadt zu fahren, und fiel Gildas, der der Grund für seinen Umweg war, um den Hals. Diese Ehre fiel auf jeden einzelnen von uns zurück. Man veranstaltete Abendgesellschaften, wo Naivität und schulmeisterliches Gehabe auf die schamloseste und lächerlichste Weise wetteiferten, ohne daß anscheinend irgend jemand, außer mir, es bemerkte. Innerlich zerstört, glühte ich vor Liebe, war ohnmächtig und wütend, ich, der gute, freundliche und gutmütige Lomont, seines Zeichens Notar. Meine Verwandlung vom guten Schäferhund in eine giftige Schlange war offensichtlich nicht erkennbar, da selbst Flora sie nicht bemerkte. Im übrigen, was mich betraf, bemerkte sie überhaupt nichts an mir, sie sprach mit mir, ohne das Wort an mich zu richten, sie schaute mich an, ohne mich zu sehen, und sie hörte mir zu, ohne mich zu verstehen. Und ich glaube, ich hätte sie küssen und nehmen können, ohne daß sie mich gespürt hätte. Ich war nicht mutig genug, um den Versuch zu wagen. Gildas tat es an meiner Stelle und bewies mir, daß ich mich geirrt hatte – vielleicht.

Eines Abends, als es wieder einmal wie aus Kübeln schüttete, oder, genauer gesagt, zum ersten Mal in diesem strahlenden Herbst – aber mir kam es so vor, als gingen seit der Rückkehr des Dichters andauernd Wolkenbrüche nieder – mußte er aufgrund der Wetterlage Flora allein nach Hause begleiten. Da er etwas Tokaier Wein oder Champagner getrunken hatte, was selten geschah, weil der Junge für gewöhnlich enthaltsam war, wagte er es, Flora das zu sagen, worauf sie gewartet hatte. Sie ließ ihn reden, und sie erlaubte ihm, im Fond der Droschke seinen schönen dunklen Kopf über sie zu beugen. Sie erlaubte, daß seine brennend heißen Lippen sie über und über mit Küssen bedeckten. Sie erlaubte ihm, zusammen mit ihr die Freitreppe, die Stufen ihres kleinen Schlosses hinaufzugehen, und sie erlaubte ihm, daß er mit ihr in dieses große Bett mit der weißen und erregenden Bettwäsche ging, das ich einmal zufällig durch die halbgeöffnete Tür gesehen hatte. Die Erinnerung daran ließ mir nachts keine Ruhe. Auch heute noch nicht ... Ich habe meine Feder beim Niederschreiben dieses Ereignisses, das mir noch heute das Blut in den Adern erstarren läßt, zerbrochen. Unter dem Nagel meines Zeigefingers steckt ein Splitter und zwingt mich, diese Erzählung hier abzubrechen und so lange abzuwarten, bis ich sie wieder fortsetzen kann. Falls ich sie fortsetze ...

Vor einem Monat hatte ich beschlossen, diese Erzählung zu beenden und sogar die vorhandenen Seiten zu verbrennen. Aber ich brachte es nicht fertig, entweder, weil ich nun an meiner eigenen Prosa aufgrund einer Schwäche hänge, die, wie behauptet wird, bei Schreiberlingen allgemein verbreitet ist, oder, weil – und das erscheint mir wahrscheinlicher – es einem Reflex des gewissenhaften Paragraphenreiters in mir widerstrebt, einen Bericht unabgeschlossen zu lassen. Ich werde also fortfahren, aber ich werde versuchen, weniger bitter zu sein. Denn es ist leider wahr, daß sich in den Aussagen eines Mannes über eine Frau, die sich ihm nicht hingegeben hat, der Sarkasmus beinahe unvermeidlich ist. Er rächt sich gründlicher als ein Mann, der erhört wurde, selbst wenn dieser später betrogen oder verlassen wurde. Denn die Erinnerung an sinnliche Genüsse, so grausam diese Erinnerung auch für das Opfer einer Leidenschaft sein mag, zwingt es trotzdem zu etwas zärtlicher Liebe für seinen Peiniger. Zu dieser zärtlichen Liebe kann selbst eine völlig entfesselte Vorstellungskraft einem zurückgewiesenen Mann nicht verhelfen. Die zärtliche Erinnerung an das Parfum, die Wärme und die Haut einer Frau nistet sich im Gedächtnis anders ein als der brennendste aller Wünsche, wenn er unbefriedigt bleibt. Gildas, wenn er noch lebte, spräche anders von Flora, obwohl er sie weniger liebte als ich. Er spräche weicher und respektvoller über sie als ich. Ich, der sie hier scheinbar verurteilt und sogar verachtet ... Ich, der ... Flora ... Ah, meine Flora ... Mein Herz, meine Seele, meine Schönheit, meine Sonne! Mein einziges Feuer ... Das einzige Lachen meines Lebens ... Ah, wenn das wahr ist, meine innig geliebte Flora, wenn du auf Erden, wo du nach und nach in Vergessenheit gerätst, wenn du in der Nacht, in der du mir allmählich entgleitest, so etwas wie eine von mir ausgestoßene Verwünschung gehört hast, vergib mir ... Vergib mir, du weißt, ich weine jede Nacht um dich ...

Kehren wir zu meiner Geschichte zurück. Sie ereignete sich vor dreißig Jahren, ich erinnere mich, und vor dreißig Jahren hatte das, was man den Standesdünkel nennt – und was in Wirklichkeit nur der Überlebensinstinkt unserer gehobenen Klasse war –, vor dreißig Jahren also hatte der Dünkel noch kaum abgenommen. Die gute Gesellschaft paßte sich an und stieß jene Mitglieder aus, die ihre Regeln verletzten. Flora war eine geborene Margelasse, ihre Vorfahren väterlicherseits waren beim Ersten und Zweiten Kreuzzug dabeigewesen. Was ihre Mutter, eine geborene Aimée d'Arnagol, betraf, so ließen sich ihre Ahnen bis 1450 zurückverfolgen.

Nun, Gildas Caussinade, soweit er auch in die Vergangenheit zurückgehen mochte, stieß nicht nur auf Nichtadelige, sondern auf Bauern und, in grauer Vorzeit, auf Leibeigene. Alle seine Vorfahren waren Diener bei unseren Vorfahren gewesen. Und obwohl wir seine neuen Freunde waren, nahm er noch heute den Hut ab, wenn er mit uns sprach. So gesehen und trotz seiner Anerkennung als Dichter in Paris lief Gildas Caussinade täglich Gefahr, von einem seiner Freunde, sofern jener nur mißgestimmt war, einen Stockhieb oder, schlimmer noch, eine Münze zu erhalten.

Man sieht schon: Es war unmöglich, daß der Freund, der Geliebte, der Begleiter von Flora de Margelasse dies ertrug, die Münze oder den Stockhieb. Es war ebenfalls undenkbar, daß diese selbstzufriedenen Landjunker diesen Pächter von einem Tag zum anderen mit »Monsieur« anredeten. Und obendrein wäre es, in diesem Fall, auch noch unmöglich gewesen zu erkennen, ob Zerstreutheit oder Arroganz die Ursache für ihr Benehmen gewesen war. Die beiden Liebenden, dachten sie daran? Ich würde schwören, daß sie dies nicht taten, so seltsam das erscheinen mag. Denn keiner von beiden hatte einen Augenblick lang gehofft, seine Liebe erwidert zu sehen. Die Distanz, die sie trennte und die für uns, die Zeugen des Geschehens, ungeheuer groß zu sein schien, war für sie, die sich einzig ihrer Liebe bewußt waren, gigantisch. Sie vernahmen nur jeweils die Stimme ihres eigenen Herzens und fürchteten, das des anderen sei taub und stumm. Kurz, sie mußten am folgenden Tag eher verdutzt als entsetzt und weniger entsetzt als glücklich aufgewacht sein. Der unveränderliche graue Himmel ihres Lebens, ihrer schalen Einsamkeit, war aufgerissen, und durch diesen Spalt erschien, blendend hell und strahlend, die Sonne der gegenseitigen Liebe. Was machte es schon, daß sich hinter ihr all die schwarzen, bedrohlichen und dichten Wolken des Skandals zusammenzogen? Sie kümmerten sich nicht darum. Und dennoch, Flora riskierte den gesellschaftlichen Abstieg, die Verbannung aus ihren Kreisen und ein einsames und entehrtes Leben im Alter. Gildas lief Gefahr, Kränkungen, Wut und Haß zu erfahren. Aber, ich wiederhole es noch einmal, weder sie noch er hatten die Zeit gehabt, an all das zu denken, oder sie dachten daran wie an unwahrscheinliche Gefahren, zu unwahrscheinlich und deshalb beinahe erwünscht. Weder er noch sie waren auf den Gedanken gekommen, vor einem anderen Übel, einer anderen Bedrohung zu erzittern als vor jenem, das sie jetzt schon jeden Abend in die Verzweiflung trieb: das mit Spitzenwäsche bezogene Bett oder das Strohlager, was auch immer . . ., aber leer, entsetzlich leer jedenfalls, und jeden von beiden erwartete dort täglich die Einsamkeit und die verzweifelte Sehnsucht nach einem anderen Körper. Diese Leere, diese Verzweiflung und diese Sehnsucht sowie dieser Wunsch sind die einzigen Gemeinsamkeiten, die wir alle drei gehabt haben. Nur daß meine Wünsche und Hoffnungen weder erfüllt noch befriedigt wurden.

Ich weiß es nicht mehr, war es im Oktober oder im November, als ich in Bordeaux vor Gericht geladen wurde, um in einem Prozeß auszusagen und dort einem ehemaligen Studienkollegen rechtlichen Beistand zu leisten. Er war ein kleiner, auf allen Gebieten immer glück- und erfolglos gebliebener Landjunker, den seine Familie enterbt hatte, nachdem er auf der Universität verspottet worden war, und der, von seinen Pächtern hintergangen und von seinen Nachbarn verachtet, es nicht mehr hatte ertragen können, von seiner Frau betrogen zu werden. Er hatte sie getötet. Ich begab mich dorthin und übernahm schließlich angesichts der Nachlässigkeit seines Verteidigers zur Hälfte dessen Aufgaben. Ich verteidigte ihn ganz ordentlich, genaugenommen, ich rettete seinen Hals vor den Geschworenen und Richtern (einen Hals, den er übrigens selbst zwei Jahre später in die Schlinge steckte). Ich hatte das Glück, die Frauen zum Weinen zu bringen und den Journalisten zu gefallen, die aus Paris gekommen waren, um dieses selten gewordene Schauspiel zu sehen: ein Edelmann, der für ein Verbrechen, wie es für gewöhnlich in den unteren Schichten vorkommt, vor Gericht stand, ein Mann aus gutem Hause, der auf seine eigene Frau eifersüchtig gewesen war. Da auch diese Journalisten bei den Verhandlungen geweint hatten, was teilweise auf den Landwein zurückzuführen war, stimmten sie einen Lobgesang auf mich an, und ich kehrte im Triumph nach Angoulême zurück. In acht Stunden legte ich dreißig Meilen zurück, wechselte dreimal das Pferd und kam erschöpft im Margelasse an, ohne daß ich mich angekündigt hatte. In meiner Dummheit kam es mir so vor, als ob die himmlischen Boten meines Ruhms sofort nach dem Abschluß des Prozesses aus dem Innenhof des Schwurgerichts von Bordeaux mit ihren Trompeten aufgestiegen und pfeilschnell durch die Luft geschossen wären, um Flora die gleiche Lobeshymne vorzuspielen. Ich glaubte, ganz Aquitanien würde nur noch von meinem Namen und meiner Rückkehr widerhallen. Es war das zweite Mal, daß ich unerwartet bei einer Person ankam, und es war das letzte Mal. Die alte Tante, die mich erzogen und mir die goldene Regel beigebracht hatte, niemals ohne Ankündigung zu erscheinen, würde sich nicht noch einmal im Grab umdrehen müssen.

Überdies war die Begeisterung, die mich von einem Pferd aufs andere hatte springen lassen, während dieser dreißig Meilen bis zur Ankunft in Angoulême verflogen, und ich verspürte plötzlich die Strapazen dieser mit jugendlichem Übereifer zurückgelegten Reise. Ich fühlte mich wie gerädert und zerschlagen, rücksichtslos zerrte ich an Philémons Zügeln, obwohl ich eine Stunde zuvor noch erleichtert darüber gewesen war, ihn wieder vorzufinden. Ich paßte mich nicht mehr seiner Gangart an, die nach dieser dreitägigen Ruhepause sehr munter war. Ich trieb ihn schlecht an, schikanierte ihn, und als wir am Gittertor von Margelasse ankamen, war er schweißbedeckt, eine Schande für einen Reiter. Ich beschloß, ihn ein bißchen trocknen zu lassen, stieg ab und lief neben ihm durch die Allee. Auch ich war in Schweiß gebadet, und mir wäre es lieber gewesen, wie mein Pferd vor Wut zu schwitzen und nicht vor Angst, ohne zu wissen, warum. Etwas schnürte mir die Kehle zu. Aber, ich wiederhole es, ich war in Siegesstimmung, mir klangen noch die Ohren von den Komplimenten, die man mir in Bordeaux gemacht hatte, und meine Verdrossenheit sowie die Störrigkeit meines Pferdes legten sich gleichzeitig. In dem gleichen Augenblick, in dem dieses schöne Pferd sich zweifelsohne sagte: »Pah, nur Ruhe, mein Herr benimmt sich heute falsch, aber er ist schließlich nicht bösartig. Er gebraucht weder die Peitsche noch die Sporen. Man muß nachsichtig bleiben«, sagte ich mir: »Pah, nur Ruhe. Flora ist unvorsichtig, voller Begeisterung für die Poesie, aber sie ist nicht leichtsinnig. Sie hat ein Gespür für Konventionen und Respekt vor sich selbst. Es wird sich nichts ereignet haben, sicher.« Ich hoffte, in Margelasse nur Flora anzutreffen, ohne ihren eifrigen Verehrer. Die von einer vornehmen Frau gewünschte und geschätzte Lektüre seiner Gedichte würde einen Caussinade doch sicherlich nicht vergessen lassen, daß sie auch eine adelige Frau war. Wenn ich ihr von meinem Argwohn erzählen würde, würde Flora mir ins Gesicht lachen. Und unwillkürlich lächelte ich, während ich mich wieder in den Sattel schwang und innerlich bereits die spöttische und sanfte Stimme meiner Flora hörte. Philémon, der wieder stolz und zufrieden war, lief im kurzen Galopp in den Hof, und ich hatte Mühe, ihn zum Stehen zu bringen. Er wäre gern die Freitreppe hochgestiegen und hätte so meine eigene Absicht vorweggenommen.

An jenem frühen Nachmittag lag eine vollkommene Stille über den Rasenflächen. Der Himmel über den

Schieferdächern war von einem bläulichen Weiß, ein Himmel wie an heißen Tagen, ohne Windhauch und aufgewirbelten Staub. Ein Sturm lag still auf der Lauer. Ich ging rechts um das Schloß herum, da es mir widerstrebte, noch einmal den Weg meines letzten unpassenden Besuches zurückzulegen. Es widerstrebte mir, noch einmal dieses gelbe Boudoir zu durchqueren, und ich war glücklich bei dem Gedanken, Flora wieder auf ihrer Veranda auf dem Rasen der Westseite anzutreffen, wo sie ihre Schwäne füttern oder Gedichte lesen würde. Ich wußte, daß ich sie, wie immer bei schönem Wetter, dort finden würde, und ich glaubte wirklich, sie dort allein anzutreffen, ich schwöre es. Genauso wie ich schwöre, daß ich bis heute noch nicht weiß, warum ich so leicht, so vorsichtig auf diesem knirschenden Kies auftrat und so heimlich über den bereits rötlichen Rasen schlich. Ich dachte an nichts, ich sagte mir nichts, ich befürchtete nichts, noch wünschte ich mir etwas. Ich fühlte mich plötzlich leer, schwitzend und leer. Derjenige, der sich wie ein Spion bewegte, war ein Mann, den ich nicht kannte und der überdies nicht mehr wußte als ich. Der Beweis dafür ist, daß dieser Unbekannte wie vom Blitz getroffen stehenblieb, als er um die Ecke bog und Flora halb liegend auf ihrem Korbsessel sah, Gildas, dessen Kopf in ihrem Schoß ruhte, zu ihren Füßen. Sie hatte soeben eine Himbeere aus einer Schale zu ihrer Rechten genommen und versuchte sie zwischen den weißen Zähnen des jungen Mannes in seinen Mund zu schieben. Aber er preßte die Kiefer mit einem Lachen aufeinander, das wie ein kehliges Knurren klang, und sie lachte ebenfalls, blieb hartnäckig, preßte ihre so feinen, so hellen Finger auf Gildas' volle und schwellende Lippen, die heiß und ausdauernd sein mußten, auf denen Floras Finger auch noch verweilten und sich streckten, bevor sie zu seiner Stirn, zu Gildas' Haar zurückwanderten und dabei die ganze Handfläche der Willkür dieses endlich friedfertigen Mundes überließen, der sich öffnete und sich dort, in der Mitte, festsaugte, während Flora ihre Augen schloß und ihre Finger sich in seinem dunklen Haar verkrampften.

Während dieser ganzen Szene blieb ich bewegungslos stehen, erstarrt vor Angst. Ja, ich gestehe es, ich gestehe es mir heute selbst: vor Angst. Die schändliche Angst davor, gesehen zu werden, die Angst, beim Überraschen überrascht zu werden, verpflichtet zu sein, mich wie jemand zu verhalten, der etwas entdeckt hat, das heißt, mich wie ein wütender, verletzter Mann voller Verachtung aufzuführen, wie ein Mann, den von nun an seine Pflicht und seine Ehre für immer von Flora fernhalten würden, denn Flora de Margelasse hatte eine Liaison wider die menschliche Natur oder zumindest gegen die gesellschaftliche Ordnung, und sie zog es vor, sich auf die eine einzulassen, anstatt sich der anderen unterzuordnen. Mein ganzes Leben hatte mich gelehrt, genau dem den Vorzug zu geben, was sie verspottete: der Ordnung. Ich begann langsam zurückzuweichen, Schritt für Schritt, und ich zitterte davor, gesehen zu werden, zitterte davor, mich selbst zu sehen, wie ich auf diese Weise zurückwich. Was war mit mir geschehen? Wo waren meine Wut und mein Wunsch zu töten, den ich noch einen Monat zuvor verspürt hatte? Wer war dieser sittenstrenge und verwirrte Mann, am Rande der Verzweiflung, der jedoch vor allem Furcht davor empfand, sich am Rande der Einsamkeit wiederzufinden? Hinter der Mauer angelangt, woher ich gekommen war und hinter der ich verschwand, hielt ich inne, nach Atem ringend. Und dort, hör mir zu, Leser, wenn du noch die Geduld hast, da atmete ich auf, lächelte und fühlte mich gerettet.

Gerettet? Ich, der soeben jegliche Hoffnung auf ein Glück verloren hatte? Gerettet? Ich, der Flora gesehen hatte, wie sie von einem anderen verzaubert gewesen war, einen anderen angehimmelt hatte, sich einem anderen hingegeben hatte. Gerettet? Ich, der Flora beobachtet hatte, wie sie mit ihren Fingern über die Lippen und das Haar des anderen gefahren war, mit der Ruhe und dem Vergnügen einer willigen Frau, die geliebt wurde und diesen Zustand liebte. Gerettet? Ich, der schon seit Monaten unglücklich war, weil ich sie nicht besaß und gegenwärtig nicht einmal die Hoffnung hegen konnte, sie jemals zu besitzen. Mir sogar vorstellen mußte, daß ein anderer sie nahm. Gerettet? Schwankenden Schrittes ging ich zu Philémon, lehnte mich an seine Flanke, lehnte meinen Kopf an seinen Hals, und bewegungslos, kurz davor, mich zu übergeben, bemerkte ich, wie er seinen Kopf zu mir umdrehte. Ohne ihn bewußt wahrzunehmen, sah ich das perlmuttartige Weiß seines glänzenden Auges, das erstaunt blickte. Und wie sich, meiner Vorstellung nach, ein ertrinkender Seemann an ein Floß klammert, so klammerte ich mich an mein Pferd, meinen einzigen Freund. Mit verliebter und lächerlich klingender Stimme murmelte ich seinen Namen. Und als es an seinem Zügel zerrte und seine feuchten, samtig weichen Nüstern auf mein brennend heißes und verzerrtes Gesicht drückte, traten mir die Tränen in die Augen. Ich zog mich mühsam in meinen Sattel hoch, ungeschickt wie ein alter Mann, und ich ließ mein Tier den Rückweg antreten, zu seinem Stall und zu meinem Zimmer, beide gleich öde: im langsamen Schritt, so wie von nun an mein ganzes Leben ablaufen würde, da all mein Glück gestorben war.

Ich wußte es nicht, aber mein Kummer fing damals erst

eigentlich an. Er erschien mir dennoch schon damals ziemlich schwer. Ich kehrte mit einer Leichenbittermiene in mein Büro zurück, und die Glückwünsche und Komplimente, mit denen mich meine Kanzlisten und Gehilfen überhäuften, erschienen mir zunächst unsinnig, bis ich begriff, daß ihre Ehrerbietung dem Erfolg dieses Prozesses und nicht der Vernichtung meiner Gefühle galt. Wir tranken Wein aus der Champagne, ich trank zuviel, spielte mich auf und gab mich fröhlich. Und der Wein, die Müdigkeit und die Verzweiflung hätten mich beinahe unter den Tisch rollen lassen, vor die Füße meiner Schreiber. Der Stolz oder meine solide Konstitution bewahrten mich vor der Schande, und es gelang mir, ohne zu fallen, die Treppe bis zu meinem Zimmer hinaufzuklettern, bevor ich mit einem Schlag zusammenbrach, quer über mein Bett fiel, unter meinen Baldachin und meine Familienporträts, bezwungen durch dreißig Meilen auf dem Pferd, drei Flaschen Weißwein und dreißig Jahre Einsamkeit. Ich schlief vierundzwanzig Stunden sehr gut. Als ich aufwachte, wußten alle von der Liaison zwischen Flora und Gildas.

Das, was ich hier niederschreibe und was sich zwischen den beiden Liebenden abspielte, erfuhr ich am letzten Abend, an dem ich ihn sah, von Gildas. Ich sehe noch heute sein Gesicht vor mir, das früher das eines jungen Mannes gewesen und nun plötzlich das eines reifen, verzweifelten Mannes geworden war, der näher seinem Ende als seiner Kindheit war. Gildas' große Anziehungskraft, sowohl auf Männer als auch auf Frauen, hatte in seinem schwierigen Bruch mit der Jugend bestanden. Sein kräftiger Körper war schlank und rank wie ein junger Baum, seine Gesten oftmals linkisch trotz seiner angeborenen Anmut – unerwartet bei diesem Nachkommen der Leibeigenen aus der Saintonge –, und in seinen Augen leuchtete manchmal eine Naivität, die das lebendige Feuer seiner Intelligenz eher zur Geltung brachte, als es zu ersticken. Denn Gildas Caussinade war ein junger, intelligenter Mann. Ich bemerkte es sogleich, ungewollt, mit Wut und Verdruß, denn es ist beschämend, Scham zu empfinden, weil man jemanden nicht verachten kann. Ich habe Gildas niemals wirklich verachten können, obwohl er mir anscheinend allen Grund dazu gegeben hat. Ich habe ihn gehaßt, ich habe ihm den Tod gewünscht, ich habe ihn ... Ach was, ich kann es auch offen zugeben: Ich habe ihn vor allem beneidet. Ich habe noch niemals jemanden so beneidet wie Gildas Caussinade, Bauer und Pächter, Handlanger für grobe Arbeiten und von meiner Haushälterin nur in den Küchen geduldet. Ich habe diesen Mann beneidet, während ich niemals den größten Anwalt beneidet habe, noch den reichsten Grundbesitzer, noch den größten Dichter, noch den frömmsten Priester, noch den glücklichsten Vater, noch das am zärtlichsten geliebte Kind, noch nichts, noch niemanden. Ich brauche nur an ihn zu denken und an sie, an ihr verliebtes und überraschtes Aufwachen im Bett von Margelasse, und eine Art schmutzige Lava bedeckt mich, schiebt sich zwischen meine Augen und dieses Papier. Wenn ich weinen würde, wären meine Tränen schwarz oder von einem abscheulichen Gelb, oder von jener Farbe, die bestimmte Bäume haben, wenn man sie zu früh fällt und ihr Saft einen ekligen Geruch verbreitet.

Sie erwachten überrascht. Er zuerst, überrascht beim Anblick dieser weißen Laken und seiner braunen Hand, die zu diesem Weiß nicht zu passen schien, und dann sie, überrascht von dieser nahen Wärme an ihrer Seite, von diesem heißen Leib, der sie noch berührte und von dem sie sich in ihrem Schlaf nicht bewußt gewesen war, daß es ein Körper war. Er erkannte diese Laken, dieses Bett, sie begriff den Grund für diese Wärme, und sie wandten einander ihre erstaunten und schüchternen Blicke zu. »Ich wußte nichts mehr«, erzählte mir Gildas. »Ich befürchtete, sie würde um Hilfe rufen, schreien, man habe sie vergewaltigt, und mich hinauswerfen und durchprügeln lassen. Ich befürchtete, all dies nur geträumt zu haben, oder daß sie es vergessen hätte. Ich fühlte mich, als ob ich eine Schändung begangen hätte, und gleichzeitig verspürte ich an meinen Schultern noch den köstlichen Schmerz, den ihre Zähne einige Stunden zuvor dort hinterlassen hatten.« Er sagte mir nicht, was Flora dachte, aber ich erriet es. Mit dieser erschreckenden Einfalt, die den Frauen eigen ist und die manchmal einige von uns dazu bringt zu behaupten, sie hätten keine Seele, keinen Kopf und kein moralisches Gewissen, hatte sie nur daran gedacht, daß ihr Traum wahr geworden war, daß der Mann, den sie liebte, da war und daß das Weiß der Laken die rötlichbraune Haut seines Körpers noch verführerischer machte. Ohne ein Wort zu sagen, zog sie ihn an sich und gab sich ihm hin, mit der gleichen Unbeschwertheit, dem gleichen Ungestüm, das sie ihm am Vorabend und die ganze Nacht lang bewiesen hatte. Natürlich hat mir Gildas das nicht erzählt, aber er tat es, indem er schlicht bemerkte: »Glücklicherweise erkannte sie mich sogleich ...«, und indem er innehielt, was ich als einen flüchtigen Ausdruck perfekten Glücks deutete. Seine Lider schlossen sich bei der Erinnerung an eine Glückseligkeit. Dies genügte, um mein Herz zu durchbohren; er brauchte sich nicht in irgendeiner indiskreteren Beschreibung zu ergehen.

In dieser Umarmung verweilten sie bis Mittag. Man klopfte an die Tür, und Floras Bedienstete fingen an, sich Sorgen zu machen. Gildas wollte verschwinden, wollte sich verstecken, wollte fliehen und, wie er ihr zutiefst aufrichtig versicherte, wollte es vermeiden, sie zu kompromittieren. Er sprang aus dem Bett, und während er sich ankleidete, erklärte er ihr gleichzeitig, er verstehe sehr gut, daß sie in Zukunft nichts mehr von ihm wolle, daß sie all dies vergessen wolle, daß er es so einrichten werde, ihr nicht mehr zu begegnen, und daß keiner davon erfahren solle, was für ihn die schönste Nacht seines Lebens gewesen sei. Er sagte, er werde daran eine Erinnerung behalten, die genauso beständig sein werde wie sein Schweigen. Er wäre auf diese Art und Weise in seiner heldenhaften und edlen Rede fortgefahren, wenn Flora nicht in Lachen ausgebrochen wäre und die Arme nach ihm ausgestreckt hätte, um ihn erneut zu umarmen, durch die Haare zu fahren und den Kragen seines einzigen brauchbaren Hemdes zu richten, das er besaß und das er am Abend zuvor für den Ball angezogen hatte. Und während er über die Gesellschaft sprach, über den Anstand, den Ruf und die schrecklichen Konsequenzen, die er seiner Geliebten ersparen wolle, erzählte sie ihm von Batist, von Hemdenstoffen und Einkäufen, die sie für ihn machen werde, sobald sie nach Paris reise. Die mangelnde Übereinstimmung ihres Geredes wurde ihnen schließlich bewußt, und sie hielten inne, schauten sich an und erkannten endlich den vollen Reiz und die Entsetzlichkeit ihrer Situation. Gildas verstummte. Er blieb still stehen und betrachtete seine Hände, »ohne etwas zu sehen«, wie er mir sagte, bereit, fortzugehen, sich zu töten, aber auch bereit zu bleiben. Es erschien ihm, als verginge ein Jahrhundert, bis er endlich Floras Stimme hörte, bevor er verstand, was sie ihm sehr ernst sagte: daß sie ihn liebte, daß dies in ihren Augen keine Schande, sondern Glück bedeutete. Es komme für sie ebensowenig in Frage, ihn zu verstecken, wie, jetzt, da dieses Glück geteilt werde, darauf zu verzichten. Gildas glaubte, verrückt geworden zu sein. Aber er dachte nicht einen einzigen Augenblick daran, sie für verrückt zu halten. Flora hatte etwas so Vernünftiges, so Aufrichtiges und so anmutig Ausgewogenes an sich, daß der Ausdruck Verrücktheit zu ihr einfach nicht paßte.

»Aber ... Sie können nicht ...«, stotterte er, »Sie können nicht.«

Sie unterbrach ihn, rief ihrer Kammerzofe zu, sie solle kommen und für sie beide einen kleinen morgendlichen Imbiß bringen. »Ich war wie ein willenloses Objekt«, sagte mir Gildas noch, als er seine Erzählung abschloß. »Ich sah und hörte nur sie, glaubte nur ihr. Ich hätte mich aufgehängt, wenn sie mich darum gebeten hätte, so wie ich sie auf dem großen Paradeplatz geliebt hätte oder von mir aus auch in ihrem Einspänner, vor den Augen ganz Angoulêmes.«

Das war übrigens ungefähr das, was sie von ihm verlangte. Natürlich nicht, daß er sich aufhänge, noch daß er sie in der Öffentlichkeit liebe, aber sie fuhr mit ihm in demselben Einspänner, der von ihrem schwarzen Traber, dem untreuen Hélio, gezogen wurde, den ganzen Nachmittag spazieren; und das auf allen Straßen, auf allen Gassen und allen Plätzen der Stadt. Sie hielt vor jedem Geschäft, machte jeden Einkauf an seinem Arm und grüßte jeden, der ihnen begegnete, wobei sie ihre Hand auf diesem Arm ließ, mit stolzer und doch untergebener, unnachahmlicher Miene charakteristisch für jede verliebte Frau, die neben demjenigen geht, den sie liebt und der sie überglücklich macht. Gildas bewegte sich wie im Traum, er grüßte, verneigte sich, öffnete die Türen, stieg wieder auf den Wagen, half ihr, sich hinzusetzen, fuhr wieder los, lächelte sie an und antwortete ihr, ohne auch nur ein Sterbenswörtchen von dem, was sie ihm sagen mochte, zu verstehen (und was sie übrigens – sie gestand es ihm danach – selbst nicht verstand). Die Blicke der Einwohner von Angoulême, in denen sich zunächst, am frühen Nachmittag, Überraschung spiegelte, dann Bestürzung, dann Wut und schließlich das Vergnügen am Skandal, drückten nur noch reinsten Haß aus, als Flora endlich beschloß, nach Margelasse zurückzukehren. Sie soupierten dort mit allergrößtem Appetit, ohne über irgend etwas Besonderes zu reden. Dann gingen sie vor den Augen der entsetzten und fassungslosen Dienerschaft zu früher Stunde nach oben schlafen, um dort ihre ganze zweite Liebesnacht lang wach zu bleiben. Seither, seit zwei Tagen, hatte man sie in der Stadt – wo man dennoch nur von ihnen sprach – nicht wiedergesehen.

Die fünfzig Berichte, die ich über ihren Spaziergang in der Stadt, über ihre schändliche Zurschaustellung über mich ergehen lassen mußte, drückten gesunde Wut aus, den Groll, der in jeder moralischen Gesellschaft aufsteigt, wenn man ihre Gesetze übertritt. Man verübelte es übrigens Flora mehr, daß sie Gildas öffentlich liebte, als daß sie ihn überhaupt liebte. Man hätte vielleicht ertragen, daß sie sich zu Ausschweifungen mit ihm verleiten ließ, daß sie ihn mit auf ihr Zimmer nahm, aber nicht, daß sie friedlich an seinem Arm spazierenging. Und ich, der so gern die Empörung und die Wut unserer Stadt geteilt hätte, ich war nicht imstande, aufgrund meines dummen Gerechtigkeitssinnes und trotz all meiner Abneigung, ich war nicht dazu imstande, das zu verachten, was ich für Floras Mut, ihre edle Natur und Anständigkeit hielt. Ich bewunderte sie. Ich haßte sie, natürlich, aber ich bewunderte sie. Dafür lächelte ich über die anderen, die Zeugen, die Richter, die Angeber, all jene, die sich nicht mit Gildas schlagen wollten, aus Verachtung, wie sie sagten, gegenüber diesem Bauern, der ihrer Klinge nicht würdig sei, die es aber eher unterließen aus Furcht davor, sich mit ihm mit bloßen Händen prügeln zu müssen und dabei ordentlich verdroschen zu werden. Kurz, ich verachtete all jene, die, wie ich sah, eher dazu bereit waren, Flora zu beschimpfen, als sich an ihr zu rächen.

Was mich betraf, so wußte ich nicht, was ich tun sollte. Die Arbeit widerte mich an, das Nichtstun brachte mich um, der Kummer machte mich verrückt. Ich ritt dauernd, immer im Galopp und immer in die Richtung, die von Margelasse wegführte. Es schien mir, als ob dies Monate dauerte, in, Wirklichkeit waren es jedoch nur drei Tage. Drei Tage, nach deren Ablauf schließlich Floras Brief in meiner Kanzlei eintrat Es war fünf Uhr abends, und ihr Brief enthielt nur diese sechs Worte: »Kommen Sie, ich brauche Sie. Flora.« Ich ging, ich flog dorthin, und all dies, um in der Vorhalle Flora und Gildas anzutreffen, die bereits in Reisekleidung waren und deren Gepäck sich schon auf dem Wagen befand. Sie sahen bleich und schön aus, ein mir unerträgliches Glück hatte jedenfalls ihre Schönheit noch strahlender gemacht. Sie waren im Begriff, auf der Stelle nach Paris abzureisen. Flora erfaßte meine Hände und blickte mit ihren schönen, sanften Augen zu mir auf. Ich blickte ihr tief in die Augen, zweifelsohne mit allzu deutlicher Verzweiflung, denn ihr Blick wurde einen Moment lang unsicher, und der Klang ihrer Stimme veränderte sich.

»Leben Sie wohl, lieber Lomont ...«, sagte sie. »Ich werde Sie niemals vergessen. Und wenn es mir so schwerfällt, von hier abzureisen, dann nur wegen Ihnen. Leben Sie wohl, mein Freund, leben Sie wohl ...«

Ich antwortete nicht, grüßte geistesabwesend Gildas und verließ das Haus. Die Nacht war bereits angebrochen. Es war schon Herbst, und der Winter würde lang und traurig sein in Angoulême, im kalten Angoulême, wohin Flora sicher nie mehr zurückkehren würde.

Es vergingen zwei Jahre. Die Tage folgten einander und ähnelten sich nicht, weil ich mich langweilte. Im Gegensatz zur landläufigen Meinung sind die Tage dann, wenn sich im Leben nichts ereignet, alle verschieden und unterscheiden sich voneinander durch das Wechselspiel unserer Launen, unserer schwermütigen oder sorglosen Gemütszustände. Nur wenn man glücklich ist, ähneln sich die Tage. Ich weiß es, denn die einzigen Sonnenaufgänge, die einzigen Abende, an die ich mich jetzt noch erinnern kann, sind die dieser glücklichen, dieser unglücklichen grünen und gelben zwei Wochen – ich erwähnte sie bereits – in jenem prächtigen Sommer, als ich die Schwäche, die Dummheit und schließlich die Klugheit besaß, an Floras Seite tiefes Glück zu empfinden. Ich wäre unfähig, von diesen zwei Wochen eine Chronologie zu erstellen und in ihr die tausend Details, die tausend Bilder einzuordnen und zu datieren, die ich alter Mann manchmal beim Einschlafen, bei geschlossenen Lidern, vorbeihuschen sehe.

Es ist dunkel in meinem Zimmer. Die Kerze, die ich in der Nacht brennen lasse – und deren Licht ich immer dem des Gases vorziehe –, diese Kerze, die mir auch beweist, daß ich ein alter Mann bin, ein Mann, der in der Vergangenheit lebt, qualmt und verpestet mein Zimmer und verleiht den bürgerlichen und luxuriösen Umrissen ein tragisches Moment. Ich atme mühselig die kalte Luft ein, die die Glut im Kamin nicht zu erwärmen vermag. Mein Körper, der ausgezehrt und ohne Kraft ist, mein Körper, der kalt, blutleer und weiß ist und dessen Behaarung grau und dessen Haut trocken ist, mein Körper zittert vor Kälte, trotz der Federbetten, unter denen mich meine Haushälterin zu begraben sucht. Jeden Abend und dies, obwohl das Mahagoni der Kommode, das Quecksilber der Spiegel und das Kupfer der Kerzenleuchter je nach dem Flackern der Flamme hier und da erglänzt, jeden Abend also fühle ich mich arm, ruiniert, krank, dem Tode nahe und zutiefst einsam. Dieses Zimmer wird zu einem Armenhaus, dieses Bett zu einem ärmlichen Lager und dieses Bettzeug zu einem Leichentuch. Ich beiße die Zähne zusammen, die nur noch weißes Fleisch und Gemüse zerkauen, und ich schließe meine Lider über der glanzlosen Iris, auf der sogar am hellichten Tage ein ganz leichter, weißer Hornhautfleck liegt, ein Schatten, der mich – nach Meinung der Schüler Hippokrates' – kurzsichtig oder altersweitsichtig macht, auf alle Fälle blind im Sonnenlicht und blind in der Nacht, ängstlich vor der Abenddämmerung und verwirrt und verloren bei Tagesanbruch.

Und da sehe ich, mit geschlossenen Lidern über einem stumpfen Blick, Bilder aufsteigen und vorüberziehen, die Himmel von einem so blauen Blau, die Blätter von einem so roten Rot, dieses Land von einer so schönen Schönheit und diese Freunde von einer so fröhlichen Fröhlichkeit. Und ich, ich weiche zurück, ich kippe hintenüber, ich falle, ich verlasse diesen erschöpften und einsamen Körper, ich lasse mich herumwirbeln, ich lasse mich gleiten, ich lasse mich mit den Wellen treiben, mit dem Wind, mit all den Sonnen, ich lasse mich in die Vergangenheit absinken. In diese Vergangenheit, in ebendiese zwei Wochen, keine anderen.

Flora, vor mir auf ihrem Pferd, dreht sich um, lächelt mich an, wartet auf mich, weil mein Pferd hinkt. Flora betrachtet d'Orty, der irgendeine dumme Bemerkung macht. Flora schaut mich an, Flora verspürt Lust zu lachen und lacht unwillkürlich, weil sie sieht, daß ich, wegen des gleichen Verlangens, rot im Gesicht bin. Flora ist wütend auf mich, denn ich habe mein Pferd, das ausgebrochen ist, mit der Peitsche geschlagen. Flora behandelt mich wie einen Rohling, Flora vergibt mir. Flora beugt sich zu mir vor, damit ich ihr vergebe, daß sie mir vergeben muß. Flora legt ihre behandschuhte Hand auf meinen Sattelknopf, neben meine eigene, bloße Hand, die Hand eines Mannes des Gesetzes, stark und wie dafür geschaffen, sie zu nehmen; meine Hand, die noch nicht weiß, daß sie sie niemals unter sich fühlen wird; meine Hand, die noch daran glaubt, daß sie eines Tages über diesen Körper streichen wird, daß dieser Körper mir gehören wird; meine Hand, die sich bereits von dieser Schulter zu diesem Knie herabgleiten sieht; meine Hand, die sich so geschickt und so stolz sieht, so begehrt und so ersehnt; meine Hand ist bereits stolz auf sie, bevor ich es bin, meine verrückte Hand, die meinem Kopf nicht gehorcht . . ., verrückt vor allem in meinen Augen, die unter dem Wildlederhandschuh sehr deutlich eine andere, ruhige Hand wahrnehmen, die nicht zittert und die Floras Hand ist.

War das an einem Tag, an dem Flora so verärgert war, mein Pferd so störrisch und ich so grob und anschließend so reumütig und durcheinander? War das zu Beginn oder am Ende dieser zwei Wochen? Ereignete sich diese kleine Begebenheit am Anfang oder am Schluß meiner großen Geschichte, meiner einzigen Liebesgeschichte, meines Romans, meiner Leidenschaft, die erhabene und sinnliche Leidenschaft Nicolas Lomonts, die nach zwei Wochen Spazierengehen und Picknicken an der Seite einer Frau, die er, außer aus Versehen, nicht berührte, ihren Höhepunkt erreichte?

Ich erwache wieder, ich öffne die Augen und bin in der Gegenwart, erstaunt und erleichtert, daß die Kerze noch brennt, daß ich am Leben bin. Ich verharre einen guten Augenblick lang, eine volle Minute, bis mein Herz sich beruhigt, bevor ich über mein Unglück nachdenke, am Leben zu sein, lebendig zu sein, während Flora es nicht mehr ist. Und ich bin noch eine gute Weile lang unglücklich, bevor ich mich vage darüber freue, es warm in meinem Bett zu haben, ruhig atmen zu können und mein so schmutzigrosa, so dünnes Blut spüren zu können, wie es in meinen Fingerspitzen pulsiert. Und ich bin noch einen weiteren Augenblick lang glücklich, bis ich plötzlich Angst habe zu sterben, bis ich sicher bin, sterben zu müssen, bis mir der Gedanke an meinen baldigen Tod kommt, an dieses unbekannte Schicksal, dem ich ausgeliefert werden soll, der Gedanke an diese schmutzige Erde, diesen Sarg aus Eiche oder Fichte – was vermag Reichtum in diesem Augenblick! Und diese dunkle und schwarze Einsamkeit, der man mich mit allerbestem Gewissen übergeben wird, der man meinen armen Körper, den Tieren und wilden Gräsern ausgeliefert, überlassen wird, während mein Geist Gott weiß wohin in die Dunkelheit zwischen den Sternen verschlagen werden kann und, in unergründlicher und endgültiger Einsamkeit, vor Angst brüllt, mein entsetzter Geist, der jemanden, etwas sucht und nichts sieht, nichts fühlt, nichts weiß, außer daß er existiert und für immer verloren ist, und für immer verdammt zu diesem namenlosen Grauen, mein Geist . . .

Da richte ich mich in meinem Bett auf, ziehe die Klingelschnur und rufe meine Leute herbei: Diese alten Frauen, zu denen die jungen Mädchen von einst geworden sind, erheben sich. Meine Haushälterin, die diese alte, sehr alte, gebrechliche Frau geworden ist, eilt angstvoll jammernd herbei: Häßlich, grauhaarig und alt wie ich selbst, drängen sie sich alle in meiner Tür. Sie betrachten mich mitleidig, furchterfüllt und mit unverständlicher Erleichterung.

Flora ... Flora ... aber wo ist denn Flora? Vielleicht irrt sie schreiend im Dunkeln umher? Vielleicht sieht sie mich sogar, mich, den unglücklichen, rechtschaffenen und armen Lomont? Vielleicht braucht sie mich jetzt endlich?

Ich muß diese Erzählung beenden. Ich hatte beschlossen, nach dem Abschluß oder, besser gesagt, nach dem Anfang der Beschreibung dieser Idylle zwischen Flora und Gildas aufzuhören und, nachdem sie einmal nach Paris abgefahren waren und ich, wie gewöhnlich, verwirrt und dumm zurückgeblieben war, da wollte ich meine Feder und dieses Heft da verstecken, wo sie, wie ich geplant hatte, für immer versteckt bleiben sollten. Aber ich habe es nicht fertiggebracht. Kaum hatte ich nach: »Der Winter würde lang und traurig sein in Angoulême, wohin Flora sicher nie wieder zurückkehren würde«, einen Punkt gemacht, als meine Hand, anstatt die vier Buchstaben des Wortes »Ende« niederzuschreiben, das Datum zu setzen, zu unterschreiben, all dies zu verstecken und eine Feder und Notarsakten zu suchen, wieder nach links fuhr und ohne mein Einverständnis weiterschrieb: »Es vergingen zwei Jahre. Die Tage ähnelten sich nicht ...« Als ob ich nicht beschlossen hätte, dieser Hand Einhalt zu gebieten, oder als ob sie sich selbst mir widersetzt hätte ... Oh, und außerdem, wozu lügen? Was bedeutet das schon! Wenn dies hier für mich die letzte Gelegenheit ist, mich anzulügen oder mich zu quälen oder mich zu vergnügen, so ist dieses Heft trotzdem für mich unentbehrlich geworden, und der folgende Teil dieser Geschichte würde mich innerhalb von drei Monaten umbringen, wenn ich ihn nicht niederschriebe. Denn es sind diese weiteren Ereignisse, die mich gerächt, aber auch vernichtet haben. Denn ich habe bis jetzt nur von Floras Glück und von meinem Unglück erzählt. Und wenn ich auch gegenwärtig nicht mein Glück schildern kann, das mir nicht zuteil geworden ist, so kann ich wenigstens von Floras Unglück erzählen, das grausam war und das mitunter dennoch – obwohl das Mitleid und der Kummer, die ich für sie fühle, mich zerstören – meine senile Altmännerbosheit in mir befriedigt und irgendeine unsaubere, faulende Wunde versorgt, die ich nicht genauer bezeichnen kann. Wer ist so niederträchtig, sich über die Verzweiflung eines Menschen, den er liebt, zu freuen? Aber wer ist so souverän, daß er sich freut, wenn die gleiche Person mit einem anderen glücklich ist? Im übrigen, souverän oder niederträchtig, gut oder schlecht, Scham oder Glück, was bedeutet das schon ... All dies hat nun ein Ende, und dieses Ende ist schlecht. Und anstatt wie ein altes Weib in der Nacht zu grübeln, werde ich schnell und genau erzählen, warum und wie.

Es folgten zwei Jahre der Stille, aber es war eine Stille, die unaufhörlich von großartigen Neuigkeiten aus Paris unterbrochen wurde, die die aufeinanderfolgenden Stufen in der Treppe bildeten, die Gildas zum Ruhm führte. Am sachlichsten fasse ich sie wohl zusammen, indem ich ein paar Auszüge aus dem *Journal des Débats* zitiere, die am 3. Januar, am 11. September und am 10. November 1834 erschienen sind sowie am 30. des gleichen Monats und schließlich am 1. Februar 1835, und die ich hier der Reihenfolge nach zitiere:

3. Januar 1834

Bei der Aufführung des Versdramas *La Flèche de Soie* von Monsieur Gildas Caussinade applaudierte das Publikum gestern begeistert.

11. September 1834

Für seine Gedichtsammlung *Les Allées de la Mélancolie* erhielt Gildas Caussinade heute morgen den Grand Prix der Académie Française.

10. November 1834

Unter dem Beifall seiner Bewunderer, unter denen sich natürlich auch die bezaubernde Gräfin de Margelasse befand, wurde unser schöner, junger Dichter bei der Aufnahmefeier vom König persönlich beglückwünscht...

30. November 1834

Monsieur Gildas Caussinade wurde durch die Huld Seiner Majestät des Königs in den Adelsstand erhoben.

1. Juli 1835

Der Chevalier Gildas de Caussinade verließ Paris, um sich in den Orient zu begeben, von wo er uns, wie wir hoffen, eines seiner Meisterwerke mitbringen wird. Unser junger und ruhmreicher Dichter wird voraussichtlich einen kurzen Zwischenaufenthalt auf seinem Landgut in Forchent einlegen, aber er wird wahrscheinlich im Schloß der Gräfin de Margelasse Wohnung nehmen...

Ich zitiere das *Journal des Débats,* eine liberale, aber achtbare Zeitung, eine der wenigen, die man in Angoulême kaufen und ohne Scham in der Öffentlichkeit entfalten kann. Und im übrigen die einzige, die ich regelmäßig las. Nur durch Zufall erfuhr ich von Zeit zu Zeit über indiskretere Skandalblätter von der aufsehenerregenden Liaison zwischen Flora und Gildas. Ihre Leidenschaft, die zunächst dem Spott, heftigen Vorwürfen und der Ironie der eifersüchtigen Geister der Hauptstadt ausgesetzt gewesen war, ihre Leidenschaft hatte sich allmählich in dem Maße, wie Gildas mit Erfolgen, Ehrungen und Titeln überhäuft worden war, in eine achtbare, intakte Liebe verwandelt, deren Stärke und Unanfechtbarkeit die nach dramatischen Auftritten lüsternen Klatschkolumnisten, die sich mit Tränen auskannten wie andere mit Wein, abschreckte.

Ich saß gerade mit d'Orty auf der Terrasse unseres Lieblingscafés auf dem Paradeplatz der Stadt, wo wir darauf warteten, daß es Zeit zum Mittagessen wurde, um den Platz überqueren und zu unserem Präfekten und seiner schönen Artémise hinaufgehen zu können. Ein Gespräch mit d'Orty, ich glaube, ich habe das bereits irgendwann einmal erwähnt, war alles andere als unterhaltsam. Unter dem Vorwand, den Börsenteil durchsehen zu wollen, bat ich den Kellner um das *Journal des Débats* und entfaltete die Zeitung an unserem Tisch. Es war Sommeranfang, und die Schwalben flogen tief über dem Platz, ein Vorzeichen für Regen, das unsere gute Stimmung jedoch nicht weiter beeinträchtigte. Obwohl wir am nächsten Tag auf die Jagd gehen wollten, hatten wir, glaube ich, einige Gläser Jerez zuviel getrunken; wenn man nicht den ganzen Tag lang arbeitete, langweilte man sich in Angoulême tödlich. Nun, es war Samstag. Da wir beide Frühaufsteher waren, hatte uns unsere Untätigkeit zu früh ins »Café d'Aquitaine« geführt und uns ein bißchen zuviel von diesem spanischen Wein trinken lassen. Mit getrübtem Blick betrachtete ich die vor mir liegenden Artikel, die ausführlich über ein blutiges Gemetzel in Polen berichteten, eine dieser Abscheulichkeiten, wie sie der Wahnsinn der Menschen in Europa und anderswo unablässig begeht. Es war d'Orty, der als erster die einzige Katastrophe erblickte, die uns direkt betraf.

»Sieh mal einer an . . .«, rief er mit diesem nasalen Lachen aus, mit dem er, wie er immer behauptete, in Paris die Frauen in Raserei versetzt hatte, als er zwanzig Jahre alt gewesen war, und das nun, da er fünfunddreißig war, die Männer in Raserei versetzte, so sehr war dieses Lachen ein Ausdruck dummer Eitelkeit. So gibt es Leute, deren Mängel und schwerwiegende Fehler man ein ganzes Leben lang mit einer unvorstellbaren Geduld erträgt, die man für kein Mitglied seiner Familie aufbrächte, für kein aus Liebe oder Freundschaft geliebtes Wesen, und die dennoch selbstverständlich und unbestreitbar zu sein scheint. Ich stürzte mich nicht auf diese Kolumne des *Journal des Débats,* die für dieses »Sieh mal einer an« verantwortlich gewesen war. Ich ließ gute zehn Minuten verstreichen, bevor ich einen von vornherein desillusionierten Blick darauf warf und bestürzt innehielt: »... unser junger und ruhmreicher Dichter wird seinen Geburtsort aufsuchen, wo er sich voraussichtlich im Schloß der Gräfin de Margelasse erholen wird.« Das Glas in der Hand schien mir wegzuschmelzen und fiel klirrend auf den Boden, wobei es einen dunklen Fleck auf die weiße Nankinghose des bedauernswerten d'Orty machte, der daraufhin aufsprang und wie ein Heide fluchte. Die zusammengerufene Dienerschaft, das heiße Wasser und der Salmiakgeist, die reichlich über seine Kleidung geschüttet wurden, die Ausrufe und die Entschuldigungen sowie seine lächerliche Wut, all das erlaubte mir, mich wieder zu fassen und den Grund meiner Verwirrung im Schuldgefühl des Ungeschickten zu sehen. Als wir anschließend den Platz überquerten, waren die Schwalben wieder optimistisch und schossen durch die Lüfte, wobei sie durchdringende und freudige Schreie ausstießen. Ihre Schatten glitten pfeilschnell über die Mauern und das Pflaster. Aber ihre Schreie und ihre Flugbahnen schienen mir beängstigende Vorzeichen zu sein. Es waren bedrohliche Raubvögel, die am Himmel kreisten und Schmerzensschreie ausstießen.

All dies kam mir nach einem reichhaltigen und köstlichen Mittagessen, wie es Artémise trotz all ihrer Fehler zuzubereiten wußte, ziemlich übertrieben vor. Ich war wieder der gesunde Mann geworden, der ich zuvor gewesen war, ein guter Esser und Trinker, der nachts tief schlief, und die geringste Störung in diesen Bereichen rief bei mir jedesmal beinahe metaphysische Angstgefühle hervor, Vorahnungen, die gewöhnlich durch den Genuß eines Hühnerflügels sogleich unterdrückt wurden. Und so war es auch an jenem Tag, und ich erinnere mich, daß ich unserer Gastgeberin, die ausnahmsweise weniger informiert war als ich, die Ankunft unserer berühmten Liebenden in einem heiteren Tonfall ankündigte. Sie stieß daraufhin gellende Schreie aus, Schreie der Bestürzung, des Vergnügens und der vagen Entrüstung, mehrere »Ohs« und »Ahs«, »Das ist nicht wahr! Nein, das ist nicht möglich!«, unzählige »Also, das ist wirklich extravagant! Wie kann man nur?« und »Was denken die sich eigentlich?«, kurz, sie stellte ebenso viele drängende und undeutliche Fragen, die allesamt unbeantwortet blieben. Es war ihr Ehemann, der als erster gereizt auffuhr.

»Meine Gute, ich kann nichts Überraschendes daran finden«, sagte er. (Dieses »meine Gute«, das sie verabscheute, war ein Beweis seiner Verärgerung, und sie hielt einen Moment lang inne.) »Ich finde es nicht weiter erstaunlich, daß Monsieur le Chevalier de Caussinade zurückkehrt«, sagte er mit Nachdruck und bedeutungsvoller Ironie, »um seine tugendsamen Eltern zu besuchen. Genausowenig ist es erstaunlich, daß die Gräfin de Margelasse hierherkommt, um das Schloß ihrer Vorfahren wiederzusehen ... Wirklich, ich sehe daran nichts, was Sie in Erstaunen versetzen könnte. Und Sie, Lomont? Und Sie, d'Orty?«

»Aber nein, ich auch nicht«, rief d'Orty aus, nachdem er eine gute Minute lang nachgedacht hatte (dies konnte man daran erkennen, daß er die Stirn runzelte, seine Lippe hängenließ und auf seinem Gesicht ein Ausdruck noch beklagenswerterer Dummheit lag; es war so deutlich sichtbar, daß er über nichts nachdachte). »Nein, ich kann auch nichts dabei finden, liebe Artémise ... Im

Grunde genommen ... Im Grunde genommen sind sie bei sich zu Hause ...«, endete er platt. »Also, sie ist bei sich zu Hause ... und er bei sich ... bei seinen Eltern. Nun, sie ist in Margelasse zu Hause, und er ist bei ihr, was soll's?«

»Und Sie, Nicolas, schockiert Sie das nicht?«

»Mein Gott, Madame«, sagte ich mit einer Stimme, die kalt sein sollte, »mein Gott, Madame, soweit ich weiß, handeln weder sie noch er ehebrecherisch. Monsieur de Caussinade ist eine von unseren Berühmtheiten, und der Umgang mit ihm hat nichts Schimpfliches mehr an sich, seitdem Seine Majestät ihn in den Tuilerien empfängt.«

Artémise warf mir einen seltsamen Blick zu, in dem ich eine Mischung aus Verdruß, Neugierde und, wenn sie dazu fähig gewesen wäre, Mitleid zu lesen glaubte.

»Nun gut, Messieurs, da Sie so versöhnlich und tolerant sind«, sagte sie, wobei sie mit den Achseln zuckte und ihr Glas mit einer spitzbübischen Geste hob, die sowohl ihren allzu mageren Hals als auch ihre allzu lange Nase unvorteilhaft zur Geltung brachte, »trinken wir auf unsere glorreichen Liebenden. Auf alle Fälle«, schloß sie und hob mit einer theatralischen Geste, nicht ohne dabei an ihre Nase zu stoßen, ihren Sektkelch und leerte ihn bis zur Neige, »jedenfalls werde ich nicht die erste sein, die sie in ihrem Salon empfangen wird.«

»Sicherlich nicht«, sagte Honoré unerwartet scharf, »aber Sie werden die erste sein, die den ihrigen betritt, sobald sie Sie einlädt. Messieurs, um wieviel Uhr gehen wir morgen auf die Jagd? Wissen Sie, Lomont, daß man mir von einem Wildschwein berichtet hat ...«, und so weiter.

Wenn ich zu lange bei überflüssigen Details verweile und mich in ihnen zu verlieren scheine, bevor ich zum

Kern der Sache komme, genauer gesagt, zu den beiden lebensvollen Personen dieser Geschichte, insofern wirklich lebensvoll, als daß sie die einzigen waren, die sich liebten, sich es sagten und sich es jeden Tag bewiesen, so deswegen, weil ich befürchte, seit dem Beginn dieser Erzählung zugelassen zu haben, daß das in Vergessenheit geraten ist, was gleichzeitig die Kulisse und der Hauptdarsteller war: die friedliche Stadt Angoulême. Das, was nun folgen wird und was sich unter Blutvergießen, Tränen, Zärtlichkeiten, Schlägen und Schreien abspielen wird, unter alldem, was schwarz und rot ist, und das mit seiner beunruhigenden Purpurröte ebenso die blaßblauen Himmel dieses Sommers färben wird wie die goldbraunen Häuser und das reine, graugrüne Wasser der Flüsse, dieses ganze abscheuliche und tödliche Drama, diese schicksalshafte Verwüstung wird sich in einer kleinen Provinzstadt ereignen, die in einer Landschaft mit weichen und fließenden Konturen liegt, in einer Landschaft wie von Ronsard und in einer Stadt wie von Carpaccio, mit ihren Platanen, ihren Tauben, ihren kleinen Eisenbalkonen, ihren Gassen, mit ihren vor Langeweile eingedösten Bewohnern, ihren guten Sitten und ihren kleinen, wohlgehüteten Geheimnissen. Wenn ich hier die geschmacklose Dummheit des einen, die duckmäuserische Gutmütigkeit des anderen und die naive Bösartigkeit einer dritten Person beschreibe sowie ihr bedeutungsloses Gerede und meine Magenkrämpfe, dann deswegen, um die Vorstellung beim Leser – aber was sage ich da? –, dann deswegen, um mir selbst, dem einzigen Leser meines einzigen Werkes, die Zwänge und die Beweggründe zu verdeutlichen, die in diesem Jahr in Angoulême das Handeln der Protagonisten dieser Geschichte bestimmten. Ich will damit zum Ausdruck bringen, daß sich dies in Paris vielleicht gar nicht ereignet oder einen anderen Verlauf genommen hätte. Ich meine, daß es ohne diese Geheimnisse, diese Geheimnistuerei, ohne diese Regeln des Anstands und der Ehrbarkeit und ohne dieses andauernde Streben nach Achtbarkeit, die die Seele und der Antrieb all unserer Provinzen sind, vielleicht keinen Toten gegeben hätte; es hätte vielleicht nicht all die Verwüstungen und all diese noch rauchenden Trümmer gegeben, an die nicht nur ich mich, sondern auch noch einige andere immer noch hier lebende Zeugen sich erinnern können. In Paris, der Stadt der Leichtlebigkeit, hätte sich das Drama vielleicht anders abgespielt, wäre vielleicht in Vergessenheit geraten und in den Kloaken und den tausend Abwässerkanälen der Hauptstadt versunken. Hier ist die Luft zu rein, das Wasser und der Himmel zu klar. Wenn der Blick der Leute durch irgendeine Leidenschaft getrübt ist, fällt das sogleich auf; und wenn die Leute ihre Leidenschaft offen zeigen, entfremden sie sich der Natur.

Nach dem Mittagessen kehrte ich nach Hause zurück und lachte bitter, als ich an meine Überraschung und dieses zerbrochene Glas dachte. Entgegen meinen vorherigen Aussagen bedeutete mir diese arme Flora de Margelasse, die gegenwärtig die Geliebte ihres Bauernchevaliers war, immer noch etwas. Ich hatte dennoch seit langer Zeit nicht mehr an sie und die entscheidende Stellung, die sie einst in meinem Leben eingenommen hatte, gedacht. Es hatte mich ein Jahr gekostet, um sie zu vergessen und nur noch zufällig an sie zu denken, und wenn diese Zufälle auch zahlreich waren, so hatte ich dennoch meine Freiheit wiedergewonnen. Ich liebte Flora nicht mehr, und das war für einen so gefühlsarmen Mann wie mich ein großer Verlust. So hätte ich zumindest einmal in meinem Leben leidenschaftlich geliebt – selbst wenn es nicht mein Verdienst gewesen war. Ich war seit zwei Jahren frei, frei von Flora, von dieser Liebe und der Erinnerung an sie. Und als ich mich am folgenden Tag, nachdem ich einen kleinen, liebevollen Brief erhalten hatte, in dem man darum bat, mich sehen zu dürfen, in leichtem Trab auf den mir liebgewordenen, vertrauten Weg nach Margelasse machte, lachte ich bei der Erinnerung an meine früheren Ausritte und mein zerrissenes Herz, das der Galopp meines Pferdes hin- und hergeschüttelt und gegen meine Rippen geworfen hatte. Ich lachte noch darüber, als ich die Freitreppe emporstieg und eine neue Kammerzofe mit einem harten Gesicht grüßte, die man offensichtlich aus Paris mitgebracht hatte und die mich in den blauen Salon eintreten ließ, ohne sich nach meinem Namen zu erkundigen oder mir einen Blick zuzuwerfen. Nachdem ich eingetreten war, lachte ich immer noch bei der Erinnerung, dort an einem anderen Sommertag, der mehrere Jahrhunderte zurücklag, so grausam verletzt, so eifersüchtig und so wütend gewesen zu sein.

Ich lachte zum letzten Mal, denn fast im gleichen Augenblick trat Flora ein. Und als ich wieder aufbrach, um nach Angoulême zurückzukehren, war ich wie vom Blitz getroffen, konnte mich kaum noch auf meinem Pferd halten. Ich war immer noch, ich war für immer leidenschaftlich in diese Frau verliebt. Und die Schwalben hatten nur versucht, mich zu warnen.

Ich erinnere mich, diese letzten Worte gestern abend in einer Art krampfhaftem Zustand niedergeschrieben zu haben, wobei sich mein Gedächtnis, das versuchte, die Bilder dieses entsetzlichen Tages wiederzugeben, sich kurz und haßerfüllt zusammenzog, aber vergeblich. (Denn wie soll man die Gefühle, die einen Mann überkommen, der vergeblich geliebt hat, dessen Stolz und Körper vergeblich gelitten haben, anders bezeichnen als entsetzlich, den Zustand eines Mannes, der die blindwütigen Hetzhunde der Meute, die verwilderten, erbärmlichen und grausamen Hunde seiner Leidenschaft tot und begraben glaubte und der sie plötzlich wiedersieht, wie sie sich ihm keuchend und ausgehungert in den Weg stellen, mit tief in den Höhlen liegenden, weißleuchtenden Augen und vor Mordlust gefletschten Zähnen?) Ich kann mich also weder an ein einziges von Floras Worten noch an eine einzige ihrer Gesten an jenem Tag erinnern. Weigert sich die Verwahrstelle, die unser Gedächtnis nun einmal ist, nach einer gewissen Zeit, bestimmte Erinnerungen, die als gefährlich eingestuft werden und die unser Selbsterhaltungstrieb zurückweist, herauszugeben? Ich kenne mich damit nicht aus. Ich erinnere mich nur an einen fahlen Schimmer, einen blauen Riß in der grauen Wolkendecke, an ein lächerliches Detail: das unerträgliche Knirschen meines Sattels von dem Augenblick an, als ich lostrabte. Ich erinnere mich an lächerliche, unpassende Pläne, wie »den Stalljungen gleich bei meiner Rückkehr rügen« oder »den Sattler wechseln«, die sich mit dieser enormen Erkenntnis, die mein Denken beherrschte, überschnitten und mir mein eigenes Gerede lächerlich erscheinen ließen: »Was soll ich tun? Ich liebe sie immer noch . . . Was tun? Was tun . . .? Es muß doch ein Wachs geben, das dieses Knirschen des Leders unterdrückt. Fliehen, sicherlich, fliehen, aber wohin? Flora wäre überall. Und dann, wie ist es möglich zu fliehen mit diesem grauenhaften Geräusch im Ohr . . . ?« Als ob ich nur einen Sattel besessen hätte, aber dafür zwei Berufe und zwei Leben.

Wie unser Präfekt vorausgesagt hatte, kündigte Flora kurz nach ihrer Ankunft eine große Soirée in Margelasse an, einen großen Ball, zu dem alle Einwohner von Angoulême und der gesamten Umgebung eingeladen wurden. Wohlverstanden, eine Soirée, bei der auch der Geliebte der Hausherrin anwesend sein würde. Die Situation blieb folglich scheinbar die gleiche, nur daß es nicht mehr möglich war, Gildas de Caussinades Forderung nach Satisfaktion zurückzuweisen, wenn man ihn beleidigte; das hätte die Verachtung der königlichen Macht bedeutet. Die Gesinnung unseres Präfekten war weder so aristokratisch, selbst dieses Wagnis einzugehen, noch so revolutionär, um den Täter zu decken und es dadurch zu ermöglichen, daß jemand sich darauf einließ. Denn all diese möglichen Gegner hätten nicht nur einen frisch ernannten Chevalier, sondern auch einen völlig veränderten Mann zum Duell fordern müssen. Gildas war nicht mehr der männliche, aber schmale junge Mann, den wir gekannt hatten. »Fier et même un peu farouche – charmant, jeune, traînant tous le cœurs après soi«, hieß es bei Racine, dessen Lektüre uns während der Studienzeit eine lästige Pflicht gewesen war. Er war nun über fünfundzwanzig Jahre alt, immer noch schlank und mit breiten Schultern, aber sein Gesicht paßte nun zu seinem Körper: Seine Züge hatten sich nicht verhärtet, aber gefestigt. In seinem Blick lag zwar noch das gewohnte Zutrauen, aber keine Spur mehr von Unbefangenheit. Seine Begeisterungsfähigkeit hatte sich in Lebensfreude verwandelt, und sein Respekt vor uns war zu einer Mischung aus natürlicher Höflichkeit und erlernten Umgangsformen geworden. Nun, es war ein sehr gutaussehender Mann, der seiner Auszeichnungen würdig war, den Flora an jenem Abend als Gast empfing. Und dem sie ganz offensichtlich ihre gesamte frische und reizvolle, beinahe schmerzhafte Schönheit verdankte. Im Gegensatz zu ihm hatte sich alles an ihr verfeinert, sie wirkte zerbrechlicher, sie war völlig abhängig von ihrer Liebschaft, dieser sehr realen, sehr lebendigen Liebschaft, abhängig von diesem gutaussehenden, dunkelhaarigen Mann, der dort hinten mit der koketten und neckischen Artémise schäkerte. Und ich, der gerade in diesem Moment mit ihr sprach, ich erinnere mich, geglaubt zu haben, unter ihrer Haut, die vor Zartheit durchscheinend und unwirklich war, rotes, klares Blut fließen zu sehen. Die durch Gildas kennengelernte Sinnlichkeit hatte ihre Unterlippe anschwellen lassen und trieb gleichzeitig ihr Blut schneller durch Hals und Schläfen, während ihre Augenpartie bleich und blutleer wirkte: Das Weiße in Floras Augen schimmerte bläulich. Auf allen ruhte dieser klare Blick, den nur die ununterbrochen ausgelebte Sinnlichkeit einer Frau verleihen kann. Sie war schön, zum Anbeten schön, und gleichzeitig weckte sie das Verlangen, sich auf sie zu stürzen. Der strahlende Glanz der triumphierenden Fleischeslust umgab sie und brachte die Männer dieses Balls, ohne daß sie sich dessen bewußt gewesen wären, dazu, abwechselnd vor ihr zurückzuweichen oder aber sich ihr zu nähern.

»Die beiden wirken so glücklich, daß es einem geradezu weh tut«, faßte der Präfekt die Situation mit wenigen Worten zusammen, als wir uns beim Morgengrauen auf den Heimweg machten. Wir fuhren in meinem Einspänner, da eines von d'Aubecs Pferden unterwegs angefangen hatte zu lahmen.

»Glücklich? Sie scherzen . . .«, fing Artémise an, aber dieses eine Mal beharrte Honoré d'Aubec auf seinem Recht auf freie Meinungsäußerung.

»Sie sind sehr schön anzusehen«, sagte er beinahe hart, als ob er jegliche Diskussion damit beenden wollte. Und nachdem er eine Weile geschwiegen hatte, fragte er mich: »Sagen Sie, Lomont, kennen Sie das Mädchen, das am Buffet den Zitronenlikör ausgeschenkt hat?«

»Ja«, antwortete ich, »sie hat mir neulich die Tür geöffnet. Sie heißt Marthe. Ich glaube, sie kommt aus Paris.«

»Ah, meinen Sie?« fuhr er mit sorgenvoller Miene fort. »Meinen Sie? Es kam mir so vor, als hätte ich sie schon einmal gesehen.«

Ich fühlte mich einen Augenblick lang durch seine Frage peinlich berührt. Nicht daß es zwischen uns als Männern gleicher Herkunft nicht üblich gewesen wäre, uns gegenseitig von den Erfolgen bei denselben Herbergsmädchen zu berichten und diese Erlebnisse zu teilen, aber vor seiner eigenen Frau darauf hinzuweisen schien mir zutiefst geschmacklos.

»Eine spannende Unterhaltung, mein Lieber . . .«, begann Artémise überdies, ausnahmsweise zu Recht, aber ebenso vergeblich wie zuvor, denn ohne ihr zuzuhören, fuhr er rasch fort:

»Wie finden Sie sie, Lomont?«

Das verdutzte mich noch einmal, bis ich mich an die Art Kontertanz erinnerte, den einige der Herren den ganzen Abend lang um das Buffet aufgeführt hatten, während die anderen anspruchsvolleren Gäste, unter denen auch ich mich befunden hatte, sich Flora und ihren Reizen überlassen hatten. Schlagartig sah ich wieder den schlanken, aber kräftigen und gedrungenen Körper dieser Kammerzofe vor mir, ihr schweres, kohlrabenschwarzes, streng nach hinten gekämmtes Haar, ihre grauen Katzenaugen, ihren bitteren und aufreizenden Mund. Sie war in der Tat ein schönes Weib, und ich bestätigte Honoré dies im Halbdunkel des Wagens durch ein verstohlenes und männliches Augenzwinkern, aber er erwiderte es nicht, da er sein Interesse plötzlich seinen Weinbergen zugewandt hatte und anfing, sich über diese zu beklagen.

Ich hätte diesen Zwischenfall sogleich vergessen, wenn nicht am folgenden Tag die männlichen Gäste dieser Soirée, obwohl sie angesichts Floras großer Schönheit, ihres frischen, jugendlichen Aussehens und ihres Glücks in Beifallsrufe ausbrachen, auf Umwegen das Gespräch auf diese Person gelenkt hätten. Belustigt stellte ich fest, daß sie auf ihre Art genausoviel Erfolg wie ihre Herrin gehabt hatte. Es ist einfach so, daß der normale und gesunde Mann sich leichter für das begeistert, was ihm erreichbar zu sein scheint, als für das, was ihm letztendlich nicht zugänglich ist. Nun, Marthe schien frei zu sein, während Flora nur noch Gildas allein gehörte. Ebensowenig wie ich konnten sie ahnen, daß die Kammerzofe, auch wenn sie frei war und selbst wenn es gelang, ihren Körper in Besitz zu nehmen, auf eine entschiedenere und erbittertere Weise unnahbar war, als Flora de Margelasse es je hätte sein können.

Der Sommer 1835 war in der Charente einer der herrlichsten seit Menschengedenken, obwohl ich während seines Verlaufs vor Schmerz von Sinnen war. Aus Paris kamen junge, künstlerisch begabte Leute, Musiker, Literaten, Männer von Welt, lustige, höfliche Begleiter und schöne Frauen und machten zwanzigmal den Weg hin und her, um einige Tage in Margelasse bei Flora und ihrem Dichter zu verbringen. Wir, die Kleinstädter, die gutmütigen und ungebildeten Bauern, waren gleichwohl jedesmal dazu aufgefordert, aus diesen geistigen Genüssen, dieser brillanten Unterhaltung und diesen geistreichen Erwiderungen unseren Nutzen zu ziehen. Ich schäme mich wegen meiner soeben niedergeschriebenen Bemerkungen. Ich bin verbittert und ungerecht. Die Freunde von Gildas und Flora kamen tatsächlich aus Paris und waren somit unbeschwerter und sorgloser oder mehr darum bemüht, so zu wirken, als wir es waren. Und wenn man sah, wie lustig und herzlich und auch begeistert von all den landschaftlichen Schönheiten der Aquitaine sie waren, dann hätte man ihnen auch nicht den geringsten lasterhaften Lebenswandel zugetraut. Aber es kam vor, daß derselbe, von einer Woche auf die andere, nicht mit derselben zurückkehrte, aber das erfolgte ohne Aufsehen und ohne Gerede zu verursachen, da keiner von ihnen die jetzige Liaison mehr ausposaunte als die Auflösung der vorherigen. Flora und Gildas, die also von Leuten umgeben waren, die fröhlich und unbeschwert und, wie es schien, glücklich dahinlebten, wirkten wie ein Sinnbild der Harmonie. Nicht nur auf uns, nicht nur auf mich, der vor Verzweiflung über diese Gewißheit erstickte, sondern auch auf ihre Besucher aus Paris, die von der Beständigkeit und vom Erfolg dieser Liaison entzückt waren.

So vergingen zwei Monate, in denen ich meine Kanzlei nur verließ – in meinem Beruf war ich ebenso tüchtig wie in meinem Privatleben oberflächlich –, um bis zum Morgengrauen in Margelasse, bei den d'Aubecs, bei d'Orty oder anderswo zu feiern. Ich schlief wenig, ich spazierte mit den runden Augen und dem starren Blick der Eulen und der unglücklichen Menschen durch die Morgendämmerung oder über die sonnigen Wiesen. Ich sah nichts. Das Leben setzte sich aus einigen Gesichtern zusammen, dem von Flora, dem von Gildas, die unzertrennlich miteinander verbunden waren, dem meines Kanzleivorstehers, dessen Häßlichkeit mich seltsamerweise tröstete, und dem, welches mir mein Spiegel von Zeit zu Zeit zurückwarf, wenn ich den Mut und die Zeit aufbrachte, einen Blick hineinzuwerfen. Vor dem Donnerschlag, der Ende August die Zeit zum Stillstand brachte, gab es nur einen erwähnenswerten Zwischenfall.

Eines Abends, nach einem Diner im engsten Kreise, bei dem wir nur zu zehnt waren und bei dem uns Marthe gerade diesen berühmten Zitronenlikör eingeschenkt hatte, den es nur in Margelasse gab und den d'Orty – glaube ich – unablässig rühmte, rief Flora aus:

»Marthe kennt tausend Rezepte dieser Art, die sie von

ihrer Familie hat. Seltsame und in Frankreich unbekannte Rezepte. Das kommt daher, weil ihr Vater Italiener und ihre Mutter Ungarin ist.«

Das entschlossene, ernste Gesicht der Kammerzofe entspannte sich ein wenig, bevor sie antwortete: »Nein, Madame, es ist genau umgekehrt.« Dann machte sie einen Knicks und ging hinaus.

»Das stimmt, das stimmt, ihr Vater ist Ungar und ihre Mutter Italienerin«, sagte Flora lachend. »Wirklich, ich bin unverzeihlich zerstreut.«

»Ja«, sagte Gildas, der hinter mir stand. Seine Stimme war so fest und unangemessen laut, daß ich mich ebenso wie alle Anwesenden umdrehte. Er war bleich und wirkte jähzornig. »Ja«, fuhr er fort, »wenn man sich dazu herabläßt, seine Bediensteten über ihr Leben zu befragen, dann muß man sich auch dazu bequemen, sich daran zu erinnern, was sie einem erzählt haben. Wie mir schien, sprachen Sie nicht über eine Kreuzung zwischen einem Shetlandpony und einem Berber, sondern über die zweier Menschen.«

Wir waren sprachlos und entrüstet, und er schien es zu spüren, da er murmelte: »Entschuldigung.« Er verbeugte sich in Floras Richtung und ging in den Garten hinaus. Artémise überbrückte die Gesprächspause mit einem hilfreichen »Dafälltmirgeradeein«, was sonst nicht ihre Art war, und ich beugte mich zu Flora, die neben mir saß und, wie mir schien, noch bleicher geworden war. Ich bemerkte dabei zum ersten Mal die kleine Falte unter ihren länglichen und leuchtenden Augen, die durch die Kränkung feucht schimmerten. Und für einen Augenblick haßte ich Gildas von ganzem Herzen.

»Wie kann er nur . . .«, flüsterte ich, »wie wagt er es?«

»Aber er hat vollkommen recht«, antwortete Flora ebenso leise. »Er hat durchaus recht. Und ich bin rücksichtslos und mittelmäßig in meiner geheuchelten Nächstenliebe.«

Ich protestierte lautstark. Floras Wohltätigkeit war im ganzen Land beinahe sprichwörtlich, ebenso wie ihre Großzügigkeit und ihre Herzensgüte. Man mußte schon bösartig sein, um ihr ihre langen Besuche in den Dörfern, ihre unzähligen Versuche, den Notleidenden im Land zu helfen, ihre Spenden für Schulen und Krankenhäuser und die ständig offene Tür in Margelasse als Heuchelei auszulegen. Aber selbst wenn Floras Wohltätigkeit möglicherweise etwas übertrieben und selbstgefällig war, so gelang es ihr dennoch, vielen Linderung, Pflege, Hilfe zu verschaffen und ein unerträglich scheinendes Leben erträglich zu machen. Deswegen erschien mir Gildas' Bemerkung so ungerecht und grausam. Er schrieb zu jener Zeit gerade eine Tragödie – von der er sich nicht lösen könne, wie er es selbst mit einem gereizten und verlegenen Lachen ausdrückte, wenn man ihn darauf ansprach. Denn im Gegensatz zu vielen von Floras Gästen sprach Gildas niemals über seine Werke oder über ihren Erfolg; ebenso ließ er niemals auch nur ein Wort über seine Pläne und zukünftigen Bravourstücke verlauten. Tatsächlich entdeckte ich trotz meiner Bemühungen nichts an ihm, was ich verachten konnte. Dieser überraschende Zwischenfall an jenem Abend, der vielleicht der erste Riß in der Mauer der Festung darstellte, von der ich mir nur wünschen konnte, sie möge zusammenbrechen, dieser Zwischenfall enttäuschte mich. Und es fiel mir am folgenden Tag überhaupt nicht schwer, Artémise höchst unhöflich zu widersprechen, die, entzückt über dieses Erlebnis, es auf sehr unehrenhafte Beweggründe zurückführte.

»Was wollen Sie«, sagte sie, »diese Leute handeln und reden vergeblich, sie kommen nicht aus ihrem Milieu heraus. Was ist schon dabei, wenn man sich bei der Herkunft einer Bediensteten verheddert! Man muß schon ein geborener Caussinade und erst seit zwei Jahren Chevalier sein, um daran einen solchen Anstoß zu nehmen. Auf jeden Fall wird unser Gildas ein Bauer bleiben, der sich mehr um das Schicksal der Bauern sorgt als um das unsere Klasse. Da kann man nichts machen.«

Ich brachte sie mit scharfen Worten zum Schweigen und erinnerte sie daran, daß die einzige Kultiviertheit, die sie selbst vor nicht allzu langer Zeit feierlich als die einzig wahre bezeichnet hatte, eben die Kultiviertheit des Herzens sei, über die sie jetzt im Augenblick in nicht allzu reichlichem Maße zu verfügen scheine. Sie gab mir eine zornige Antwort, wir wurden gereizt, und ich verließ, trotz der Bemühungen Honorés, wütend auf sie und auf mich das Haus. Mit Honoré ging es übrigens seit Beginn des Sommers merklich bergab, und ich hatte des öfteren bemerkt, wie er sich zu den Gesindewohnungen von Margelasse verirrt hatte und verstört zurückgekommen war (wie übrigens alle Männer unserer guten Gesellschaft von Angoulême, die diesen Weg einschlugen). Anscheinend waren wir für Marthe wenig anziehend, aber dafür fühlte sie sich um so mehr zu dem zweiten Pikör von d'Ortys Meute und zu dem ersten Kutscher hingezogen. Den Behauptungen meiner Haushälterin zufolge, die ich nicht rechtzeitig zum Verstummen bringen konnte, hatte man sie manchmal dabei ertappt, wie sie mit ihnen in der Sonne gelegen war – nackt wie ein Tier.

Ich stelle fest, daß ich mich nicht dazu entschließen kann, das Folgende zu erzählen. Es hat etwas so Entsetzliches an sich, daß ich den Eindruck habe, die Personen dieser unverständlichen Geschichte von vornherein zu verurteilen. Ich habe von Floras Liebe zu Gildas gesprochen, dieser so sichtbaren und rührenden Liebe, und ich habe nicht vergessen zu erwähnen, wie offensichtlich ihre Liebe auch erwidert wurde. Es gab noch nie einen eifrigeren Verehrer, einen zärtlicheren, rücksichtsvolleren und einfühlsameren Mann als Gildas, wenn er mit Flora zusammen war. Es gab keine einzige Frau in ganz Aquitanien und, so schien es mir, auch keine einzige in Paris, die es sich nicht gewünscht hätte, so geliebt zu werden. Er bezeichnete Flora als die Frau, der er alles verdanke, seinen beruflichen Aufstieg und sein Talent mit eingeschlossen, obwohl er ihr in Wirklichkeit nur sein Glück verdankte, auch wenn das nicht gerade wenig war. Er schien ihr die Dankbarkeit eines Ertrinkenden für seinen Lebensretter, eines Schülers für seinen Lehrer, die Dankbarkeit eines Liebenden für seine Geliebte entgegenzubringen. Er achtete sie, beschützte sie und liebte sie unablässig und, wie ich glaubte, begehrte ebenso beständig nur sie allein. Daher war ich an jenem rötlich glühenden Augustabend beim Betreten des Kabuffs, das hinter dem Fechtboden lag, auf alles andere eher gefaßt als auf den Anblick, der sich mir darbot.

Es war ein kleiner Raum mit Fliesenboden, in dem man in wildem Durcheinander die Helme, die Degen, einige Rapiere der Ahnen der Familie Margelasse und sogar die Dolche für die Hetzjagd aufbewahrte. Ich suchte ihn auf, um einen orientalischen Dolch zu holen, von dem Flora uns kurz zuvor, als wir unter der Platane Portwein getrunken hatten, erzählt hatte, und dessen Ziselierung, wie sie sagte, herrlich sei. Eigentlich hätte Gildas ihn holen sollen, aber er war nicht anwesend – wahrscheinlich damit beschäftigt zu schreiben –, und so ging ich statt seiner dorthin. Ich stieß also die Türe auf, und in der Ecke dieser Kammer, die dumpf und muffig nach Rost, Leder, Staub und Schimmel roch, erblickte ich an einen Sattelbogen gelehnt besagte Marthe, mit aufgelöstem Haar, den Kopf in den Nacken gelegt, mit gefletschten Zähnen, das Gesicht von animalischer Begierde verzerrt. Ihr Rock war von zwei Männerhänden auseinandergedrückt, die zu einem Mann gehörten, der seinen Mund leidenschaftlich auf ihren rechten Schenkel preßte und dabei Worte hervorstieß, deren rauhklingendes Echo ich heute noch höre: »Ich kann ohne dich nicht leben ... Du gehörst mir ... mir allein. Wann willst du? Mein ganzes Leben lang, wenn du willst ... Bitte! Ich will dich ganz ...« Und diese Stimme hätte sicherlich ihr dumpfes Flehen fortgesetzt, wenn die Frau mich nicht plötzlich mit weit geöffneten Augen angestarrt hätte und ihr Körper sich nicht unwillkürlich vor Überraschung angespannt hätte. Ich sah von dem Mann in dem hier herrschenden Dämmerlicht – denn das Licht, das durch eine kleine Schießscharte drang, erhellte nur das Gesicht des Mädchens, das, wie ich zugeben muß, von wilder Schönheit war –, ich sah von dem Mann nur die Schultern, den Nacken und das blasse Profil. Als er mir langsam sein Gesicht zuwandte und seine Hände den Rock wieder auf Marthes Beine fallen ließen, war es mir so, als bekäme ich einen Schlag direkt ins Gesicht: Es war Gildas, der mich anschaute. Und ich hätte ihn auf der Stelle töten können, wenn ich nicht gesehen hätte, wie sich auf den Lippen des Mädchens und auf ihrem immer noch unbewegten Gesicht eine Art von schrecklichem, herausforderndem Lächeln ausgebreitet hätte.

Schwankend ging ich wieder hinaus, sattelte mein Pferd und machte mich im Galopp auf den Rückweg nach Nersac, an meinen Sinnen zweifelnd und außerstande, Flora unter die Augen treten zu können.

Abgesehen von den Beteiligten wußte niemand von dieser verabscheuungswürdigen Leidenschaft. Und Gott sei Dank neigte niemand weniger zum Klatschen als ich. Nur mußten wir uns am folgenden Tag bei dem Marquis de Doillac zur Jagd einfinden. Dort würde ich Flora und Gildas wieder antreffen. Was sollte ich zu ihnen sagen? Und vor allem, was sollte ich Flora sagen? Wie sollte ich es ertragen können mit anzusehen, wie sie Gildas, dieser Mißgeburt mit wankelmütigem und falschem Herzen, die Blicke zuwarf, von denen der nichtssagendste alle meine Wünsche mehr als befriedigt hätte? Nebenbei gefragt, welche Wünsche eigentlich? Ich hegte nicht mehr die geringsten; ich fühlte nur noch Kummer bei dem Gedanken an Floras Schmerz, ein Schmerz, der, so schien es, sie sehr schnell heimsuchen würde. Die Alte Dame war da: die Alte Dame des Leids und des Dramas. Die kleine Alte aus der Provinz, die stumpfe, glanzlose Seide trägt, diese kleine Alte, die so diskret und so bescheiden ist, aber eine tiefe und verführerische Stimme hat, befand sich auf dem Weg zu uns. Ich glaubte bereits, aus den Tälern hinter den Hügeln den Widerhall der Stimme zu vernehmen, die durch die große Grausamkeit der Alten Dame des Todes zu kräftig, schrill und vulgär geworden war: jedenfalls eine ideale Stimme, um Befehle zu erteilen, Befehle, die einer von uns demnächst erhalten sollte. Die Alte Dame kam in Angoulême an.

Nur konnte diese Alte Dame dieses eine Mal in mir nicht die deutlich vernehmbaren Schreie des schönen Vogels, des anmutigen Vogels der Hoffnung, zum Ersticken bringen. Diese wiedergekehrte Hoffnung, die mir nun, wie ein blutiges und dennoch naives Bild von Epinal, den schönen Gildas vor meinem geistigen Auge aufsteigen ließ, wie er, von meiner Hand getötet, im Gras lag. Gildas, der tot zu meinen Füßen lag, und Flora, die sich von diesem Anblick abgewandt hatte und sich auf meine Schulter stützte. Flora, die von meiner Tapferkeit hingerissen war und noch wegen der Ungewißheit des Ausgangs des Schußwechsels zitterte, Flora, die murmelte: »Ohne dich wäre ich verloren gewesen ...« Ich glaubte manchmal diesen Satz zu hören, und meine Augen rauschten oftmals plötzlich und waren dann wieder so blutleer, wie es meinem Empfinden nach auch mein Gesicht und mein Körper sein mußten. Was würde ich morgen zu Gildas sagen? Was würde ich Gildas antun? Konnte ich ihn ausfragen, ihn bedrohen, ihn auffordern, mit seiner Liebschaft zu brechen? Wie war es nur möglich, daß dieser Mann, der nichts Niederträchtiges an sich hatte, ausgerechnet unter dem Dach seiner Geliebten sich vor einer Kammerzofe auf die Knie warf. Und vor allem, wie konnte er es nur wagen, sie mit Worten zu umwerben, wie sie normalerweise nur für andere Frauen bestimmt sind: Frauen seines Ranges, die unverdorbenen und reinen Frauen? Wenn Gildas von einem anderen als von mir überrascht worden wäre, hätte er die gesellschaftliche Ächtung erfahren. Welcher Irrsinn – einmal angenommen, diese Herumtreiberin zog ihn wirklich körperlich an –, welcher Irrsinn trieb Gildas dazu, ihr gegenüber solche Äußerungen zu machen? Warum sprach er von Liebe zu dieser Bediensteten, die, wie bereits allseits bekannt, die Beute zweier Männer war: eines Kutschers und eines Pikörs? Gehörte sie doch zu den Frauen, die man einmal gegen geringes Entgelt nahm und die man nach Belieben für den gleichen Preis wiedernehmen und noch einfacher, umsonst, vergessen konnte. Warum diese Liebeserklärung? Eine Liebeserklärung, die sie ganz offensichtlich lächerlich fand. Denn ich hatte mich über die Bedeutung ihres Lächelns nicht getäuscht, ich wurde mir dessen nun immer sicherer. Diese Leute besaßen, wie Artémise immer zu sagen pflegte, weder Manieren noch Moral. Kaum daß ich im Bett lag, schlief ich ein. Das war die einzige Herrschaft, die ich über meinen Geist ausüben konnte, und vielleicht seine einzige Chance: Die beunruhigendsten Fragen schläferten meinen Geist ein, sobald die Antworten ausblieben.

Es hatte die ganze Nacht hindurch geregnet, und wir konnten die aufgehende Sonne durch die Nebelschwaden, die dicht über dem Erdboden lagen und an den Wiesenzäunen hingen, nur erahnen. Allmählich löste sich der Nebel auf, verflüchtigte sich in die Bäume und gab den Blick auf das noch schlummernde Land frei, das im ersten Licht der Morgendämmerung unberührt dalag. Es ist jedem Menschen, ungeachtet seines Standes, seines Alters und Naturells, schon widerfahren, auf diese Weise insgeheim seine sinnliche und ursprüngliche Einigkeit mit der Erde zu feiern; mit der runden Erde, die plötzlich seine Angelegenheit, seine Frau und seine Geliebte war – oder sein Tod. Jeder von uns hat eines Tages Schlamm und Regen dafür gedankt, ihn hervorgebracht und ihn auf seinen Weg durch diese Landschaften geschickt zu haben, der ihn, und sei es auch nur für kurze Zeit, durch Rauchschwaden, Flammen, über Seidenlaken und durch

Dornen, durch Stadt und Land führt, durch diese Landschaften, die, vom Regen gewaschen, jetzt sonnenbeschienen dalagen. An jenem Morgen brachte die Sonne mit ihren ersten Strahlen die Erde in der frischen Morgenkühle zum Dampfen, und man sah, wie die Pappeln in weiter Ferne wie jeden Tag ihre nonchalante und aufrechte Haltung annahmen. Unwillkürlich blieb ich stehen, betrachtete das Tal. Bedeckt mit blau-, gelb- oder weißschimmernden, silbernen, funkelnden Tautropfen, erschien mir dieses Land wie ein riesiger, nicht eßbarer und herrlicher Kuchen. Ich kam zu spät zur Jagd, folgte einem Pikör und befand mich kurz darauf, von dem monotonen Gebell der Hunde geleitet, deren Kläffen mich diesmal benommen machte, an der Spitze der Jagdgesellschaft und traf als erster auf ein in die Enge getriebenes Wildschwein, dem ich eigenhändig die Kehle durchschnitt. Man beschwerte sich bei mir über das Ende, das ich dieser Verfolgungsjagd bereitet hatte und das, je nach Temperament, als schnell und stolz oder gemein und traurig empfunden wurde. In der Tat hatte ich lange geglaubt, meinen eigenen Tod, der Todesgefahr nachzujagen, während ich doch nur einem erschöpften, durch das Dickicht brechenden, heimtückischen Wildschwein gefolgt war, das ohne Zweifel genauso bedauernswert war wie ich selbst. Ich muß gestehen, daß ich während dieser Viertelstunde nur daran gedacht hatte, es zu töten, als ob es Gildas gewesen wäre.

Eigentlich fühlte ich mich nach dieser wilden und unschönen, wenn auch entschlossenen Bluttat besser. Die erwachten Vögel jubilierten gemeinsam mit diesem Vogel der Hoffnung, der endlich wieder nach zweijähriger Abwesenheit zu mir zurückgekehrt war, nach zwei Jahren voller düsterer und lauer Tage, eisiger und glitzernder Nächte. Zwei Jahre ohne Gefühl, ohne Rachsucht und ohne Exzesse. Denn konnte man meine kontrollierten Ausbrüche als Exzesse bezeichnen? Von Zeit zu Zeit begab ich mich nach Bordeaux, um die Anspannung meines Körpers zu lindern und meine aufgestaute Sinnlichkeit zu befriedigen. Ich ging dorthin, um meine sentimentalen Träumereien zu vergessen oder es zumindest zu versuchen, ich wollte meine zärtlichen nächtlichen Phantasien vor diesen plumpen Nutten ausbreiten und sie ihnen gleichzeitig wieder entreißen.

Als ich durch eine Allee ging – ich führte mein Pferd neben mir am Zügel, und die Sonne brannte mir schon auf die Stirn –, wurde mir plötzlich klar, daß ich bei meinem nächsten Aufenthalt in Bordeaux nach einer Frau verlangen würde, die dieser Marthe ähneln sollte – außer ich würde dort feststellen, daß sie bereits vor meinem Besuch dort untergekommen war. Ich wußte nicht, warum, aber mir waren ihre weißen Schenkel und der Glanz ihrer grauen Augen im Gedächtnis geblieben. Ich träumte eine volle Viertelstunde davon und schlief dann offenbar beinahe ein, denn kurze Zeit später fand ich mich eng mit ihr verschlungen in einem Raum des Louvre wieder, wo Ludwig XIII. wohnte und in den es durch das Dach hineinregnete. Ich war in komplizierte Rechnungen vertieft, während sie mich auf den Hals, die Schulter und den Körper küßte. Dieser idiotische Traum machte mich wütend, und ich setzte mich wieder auf mein Pferd. Plötzlich fühlte ich mich glücklich. Tatsächlich, ich mußte es mir selbst eingestehen, ich war glücklich. Die Nebelschwaden, die dunklen Wolken waren nicht mehr dicht zusammengeballt, sie zogen jetzt schnell dahin, flohen über den Himmel und schienen manchmal gegen unsichtbare Hindernisse zu prallen, von denen sie sich ebenso schnell wieder lösten, durch einen luftigen und fröhlichen Wind angetrieben, wie vermutlich die Nachtschwärmer der Hauptstadt vor Anbruch des Tages, die Lebemänner, die lustigen Gefährten von Gildas und einer mir unbekannten Pariser Flora. Kurzum, ich verspürte plötzlich eine tiefe Fröhlichkeit, ich fühlte mich frisch und munter, ein bißchen wie befreit von meiner verrückten Liebe, meiner Romanliebe, meiner Liebe in Fortsetzungen. Ohne es mir bewußt auszumalen, hatte ich mir eine Art Wiedersehensszene für dieses Treffen zwischen uns dreien vorgestellt, das nun unter veränderten Vorzeichen stattfand: die Betrogene, der Betrüger und der Zeuge. Ich hatte mir vorgestellt, Flora würde trübselig sein, und statt dessen lachte sie schallend. Aber vor allem hatte ich mir Gildas befangen, bleich, mit ausweichendem Blick vorgestellt, und nun traf ich ihn mit ihr zusammen lachend an. Es war ein Lachen, das nicht um einen Ton leiser wurde, als er mich erblickte. Im Gegenteil, ich bildete mir ein, in seinen dunklen Augen und auf seinem schönen, offenen Gesicht einen Anflug von Ironie zu erblicken. Dieses freie Lachen, das seine allzu weißen Zähne sichtbar werden ließ, der verstörte Blick, den Flora für einen Moment auf diesen vollen, roten Mund warf und der ihre malvenfarbigen Augen verdunkelte, all dies weckte in mir den Wunsch, ihn zu töten, dieses Gesicht zu schlagen, diese lebendige Lüge, diesen elenden Schurken, diesen Untertan, der nicht nur in das Bett des Adels schlüpfte, sondern es auch noch wagte, ihn unter seinem eigenen Dach zu betrügen. Offenbar war ich derjenige, der erbleichte, denn Flora verließ den Baum, an den sie sich, umgeben von ihren Verehrern, gelehnt hatte, kam auf mich zu und legte ihre Hand auf meinen Arm.

»Mein Gott, Lomont«, sagte sie, »Sie sind ganz bleich ... Wo haben Sie gestern abend gesteckt? Ich hatte Sie einen Dolch holen geschickt, aber ich hatte Ihnen nicht aufgetragen, sei es mit ihm oder ohne ihn, fortzugehen. Was hatten Sie denn? Migräne?« sagte sie mit tonloser Stimme, da sie wußte, daß diese Aussage allen genügen würde. (Ich hatte in der Tat das Pech oder das Glück, manchmal unter schrecklichen Neuralgien zu leiden, die mich mitten in einem Ball nötigten, ihn fluchtartig zu verlassen, oder die mir bei Abendgesellschaften ein wahres Martyrium bereiteten.)

»Lomont trinkt zuviel«, sagte d'Orty, dieser blöde Kerl, der bereits selbst dem Inhalt seiner silbernen Feldflasche, aus der er mit kläglicher Miene die letzten Tropfen auf den Boden goß, im Unmaße zugesprochen hatte. »Lomont ist ein gefährlicher Alkoholiker.«

Niemand achtete auf ihn, und diese dumme Bemerkung hätte keine weiteren Folgen nach sich gezogen, wenn Gildas nicht mit kalter Stimme hinzugefügt hätte:

»Stimmt es, daß Sie trinken, Lomont? Man hat mir gesagt, Sie hätten manchmal Visionen. Sie sähen etwas, das es nicht gibt.«

Ich hörte mich zu meiner großen Überraschung mit einer gelassenen und gleichgültigen, fast schon gelangweilt klingenden Stimme antworten:

»Ich sehe manchmal das, was es nicht geben dürfte, ja, das stimmt. Aber das ist eine Gabe, die nur mir gegeben ist, niemand sonst besitzt sie, zumindest hier in Angoulême.«

Gildas' sarkastisches Lächeln erlosch, und seine Augen blickten wieder einen Moment lang wie die eines geprügelten Hundes; Augen, die vor unsäglichem Schmerz glanzlos waren, die gleichen Augen, wie er sie am Vorabend gehabt hatte, als er sich zu mir umgedreht hatte: In Wahrheit die Augen eines Blinden.

»Ich bitte Sie um Verzeihung«, sagte er fast leise.

Und einen Augenblick lang waren alle von der Tragik, die in dieser Stimme lag, ergriffen. Es war eine Stimme, deren Klang wie die Jugend selbst war, mit ihrer Unbekümmertheit, mit ihrer Gewalttätigkeit und ihrer Verzweiflung.

»Wovon sprechen Sie?« fragte d'Orty. »Meine Güte, man könnte Sie für Pythien halten! Allmächtiger Gott, drücken Sie sich in klarem Französisch aus! Verstehen Sie das, Gräfin?« fragte er Flora, deren nachdenkliche Augen voll flehentlichem Entsetzen zwischen ihrem Geliebten und mir hin- und herwanderten.

Unsere Blicke kreuzten sich, ich schaute ihr in die mir doch so vertrauten Augen, die für gewöhnlich, wenn sie den meinen begegneten, voller Grausamkeit waren, voll der herzlichen Grausamkeit der Freundschaft ohne Liebe, und die dieses Mal endlich verwirrt blickten, die endlich etwas, sogar ohne zu wissen, was, von mir erflehten, mit einem Blick, der nur ausdrücken wollte:

»Schweigen Sie! Schweigen Sie! Ich will nichts davon wissen.« Ich schlug vor diesem ungewohnten und hilflosen Blick, vor diesem mit einem Wort fraulichen Blick, den sie mir schenkte, die Augen nieder. Ich schlug die Augen nieder, weil ich mich schämte, mich für Gildas, für mich und für sie schämte. Ohne sie bewußt anzusehen, bemerkte ich, wie ihre Hand die von Gildas suchte, sie drückte, ihre Finger in krampfhafter Umklammerung mit den seinen verflocht, und ich sah, wie Gildas sich zu ihr umdrehte und sie an sich zog. Vertrauensvoll suchte sie Schutz bei diesem Körper, dessen Stärke trügerisch war und der eine andere Frau begehrte. Gildas sah abgespannt aus, aber er strahlte vor düsterem Glück. Mein ungelegenes Auftauchen am Vorabend hatte offensichtlich die Phantasie dieses Luders Marthe angeregt. Jeder Millimeter seiner wettergegerbten Haut, jedes seiner Haare, jeder Muskel, den man unter seiner Haut spielen sah, jeder Nerv, der ganze Körper dieses Mannes strahlte Sattheit, körperliche Glückseligkeit, völlige und tierischste Befriedigung aus. Und da suchte die von mir geliebte Flora, die ihn liebte, ihren Halt; auf dieses Herz, das sie, an seine Brust gelehnt, ruhig schlagen hörte, verließ sie sich, ohne überhaupt zu ahnen, daß es unter einer anderen Hand mit schmutzigen Fingernägeln doppelt und dreifach so schnell schlug. Ich nahm d'Orty die zweite Feldflasche vom Gürtel, riß sie beinahe ab und verbrannte mir die Kehle mit widerlichem Alkohol, von dem ich bis heute nicht weiß, wie er schmeckte und was für eine Sorte es war.

Gildas wurde zusehends bleicher und magerer. Flora verlieh ihrer Beunruhigung deutlich Ausdruck. Die entzückte Zuhörerschaft schrieb diese Symptome dem Schaffensrausch zu, und alle, gleichgültig, ob sie aus Paris oder der Saintonge waren, klagten lauthals über die Opfer, die die Inspiration fordere. Und ich hätte sicherlich, wie sie, schließlich einen Heiligenschein um den Kopf des jungen Mannes gelegt, wenn ich diesen Kopf nicht kurz zuvor zwischen den Beinen einer Kammerzofe stecken gesehen hätte.

Gildas, der zunächst nicht ohne Verärgerung das Alibi, das ihm seine Dichtkunst bot, zurückgewiesen hatte, nutzte nun die Vorteile, die diese Komödie bot. Er sprach mit mir nicht darüber, und ich sprach mit ihm nicht darüber, aber wenn jemand zufällig arglos eine Anspielung auf eine Situation machte, die der unseren – vielmehr der seinen – ähnelte, dann war seltsamerweise ich derjenige, der errötete. Wir kamen niemals auch nur andeutungsweise auf den »Nachmittag auf dem Fechtboden«, wie ich ihn selbst insgeheim bezeichnete, zu sprechen, aber Gildas erlaubte sich wenigstens in den darauffolgenden Tagen nicht die Geschmacklosigkeit, dann zu verschwinden, wenn ich anwesend war. Und dabei war ich mit ihnen ebensooft zusammen wie die anderen Gäste, das heißt die ganze Zeit. Die Mahlzeiten, Ausritte, Jagden, Angelausflüge, Bälle, Abendgesellschaften und Soupers folgten einander in einem bis dahin in Angoulême nicht gekannten Rhythmus. Selbst Artémise schwankte manchmal in der Mittagssonne, und ich entdeckte weiße Haare in ihren rötlichen Locken.

Aber mehr als sie schienen die Anstrengungen ihren Gatten, Honoré-Anthelme d'Aubec, zu zeichnen. Ich unterstellte ihm die gleiche Besessenheit wie Gildas, und ich konnte einfach nicht glauben, daß dieses Luder es ganz allein schaffte, neben den zwei Bauernlümmeln, die man ihr nachsagte, die Gesundheit zweier kräftiger Männer zu untergraben. Gildas und Honoré sahen ausgezehrt aus. Die Haut an ihren Handgelenken und an ihrem Hals schien unauslöschliche Spuren, Brandmale zu tragen. Und das von der Frau, die die beiden Männer nicht einmal zu sehen schien, wenn ihre Pflicht, die Gäste zu bedienen, diese in ihre Nähe führte: die Frau, deren Auftauchen in unserer Mitte jedesmal beide dazu veranlaßte, unter großer Anstrengung ihre Blicke von ihr zu lösen, wohingegen sie die Blicke aller anderen männlichen Gäste auf sich zog. Aber diese Gleichgültigkeit Honorés wurde, anders als bei Gildas, der seinen Blick niemals von Flora abwandte und, ich konnte es nicht leugnen, sie sogar liebevoll ansah – diese Gleichgültigkeit unseres galanten Präfekten also wirkte ostentativ und beunruhigend, sogar auf Artémise. Sie durchschaute ihn schließlich, und diese Erkenntnis versetzte ihr einen schrecklichen Schlag, der weit mehr ihren Stolz als ihre Zuneigung traf. Es verletzte sie, daß ihr großer Dummkopf von einem Ehemann, sosehr er auch gehörnt worden war, ohne daß er sich auch nur einmal in seinem Leben beklagt hatte, sie tatsächlich mit einer Frau aus dem Volk betrog. Hätte Honoré eine Rohan-Chabot geliebt, so hätte sie beinahe Vergnügen daran empfunden. Daß er, bis es soweit war, mit einer Kammerzofe vorliebnahm, störte sie auch nicht, aber daß er dann, wenn er nicht mehr in ihren Armen lag, noch daran dachte, war für sie unvorstellbar.

Denn er dachte daran. Er war sogar von dieser Vorstellung, die ihn verzehrte, besessen. Seine einst vollen, rosigen Wangen waren nun eingefallen und gelb. Er trank zuviel, jammerte andauernd über alles und verlor sogar das Interesse an seinen Besitztümern. So kam es, daß er, der sonst zehnmal im Monat seine Guthaben zu überprüfen und zusammenzurechnen pflegte, meine Kanzlei nicht mehr betrat. An jenem Tag, an dem ich ihm deswegen einen wohlwollenden Vorwurf machte, war ich höchst erstaunt über das, was er mir in schonungsloser Offenheit antwortete: »Was soll ich denn damit anfangen, mein armer Lomont ... In meiner Lage nützt mir Geld nichts.« Seine zitternde und rauhe Stimme veranlaßte mich, die Tür seines Arbeitszimmers zu schließen und ihm schnell einen Sessel hinzuschieben, in den er sich fallen ließ, um mir seine ganze Geschichte zu erzählen.

Es war in der Tat erschütternd. Eine gewisse Art von Unglück ist im Gegensatz zum Glück, das immer triumphierend ist, entehrend. Ich selbst, den meine Leidenschaft für Flora lächerlich machte, traurig stimmte und erniedrigte, ich hatte zumindest den Trost, daß weder meine Seele noch mein Gewissen darunter litten. Es ist keine Schande, vergeblich eine Frau zu lieben, die, wie Flora, dessen würdig ist. Aber diese Dienstmagd!

Überdies schien es so zu sein, daß diese Marthe sich nicht nur schnell anbot, sondern sich auch ebenso schnell den Wünschen ihrer Verehrer fügte. Ganz offensichtlich beabsichtigte sie damit eher, diese zu verletzen, als ihnen zu gefallen. Das Feuer der Leidenschaft ihrer Verehrer, das auch noch durch die Erinnerung angefacht wurde, wurde unerträglich. Ihr vages Verlangen nach einer Frau hatte sich in die konkrete Begierde nach einer einzigen verwandelt: dieser Frau. Vor allem dann, wenn sie ihrer überdrüssig war. Kaum war ihr Verlangen gestillt, fing sie an, ihnen aus dem Weg zu gehen, versprach zu kommen und kam dann nicht, übersah sie, machte mit ihnen Verabredungen an unbeschreiblich scheußlichen Orten aus, wo sie hinkam, um sich ihnen wie ein brünstiges Weibchen hinzugeben oder um sich ohne ein Wort der Erklärung zu verweigern. Immerhin, und das war das, was mich am meisten erstaunte, nahm sie von ihnen nicht einen Sou, nicht einen Ecu an. Von niemandem, außer von den beiden gutaussehenden Bauernlümmeln, die doch nichts besaßen und die sie jedesmal, wenn sie ihre obszönen Phantasien mit ihnen auslebte, ausnahm und um ein paar Sous erleichterte. Diese drei wetteiferten untereinander um die größte Verderbtheit. Im Verlauf von Szenen, die ich nicht beschreiben kann, da Honoré sich weigerte, daran teilzunehmen, stachelten sie sich zu Sadismus und Wollust auf. Anscheinend hatte er einmal zufällig und gegen seinen Willen einem solchen Schauspiel beigewohnt, aber beim genauen Zuhören erkannte ich sogleich, daß dies, auch wenn es tatsächlich gegen seinen Willen geschehen war, in keiner Weise ein Zufall gewesen war. Das Mädchen hatte sich absichtlich überraschen lassen und ihm das Schauspiel, wie sie sich mit anderen vergnügte, nicht aus purer Wollust auferlegt, sondern aus gewöhnlicher Lasterhaftigkeit. Wie war es nur möglich, daß Gildas, ausgerechnet er, der die verführerischste, die unschuldigste und die strahlendste Schönheit unter den Frauen besaß – eine Frau, die ganz offensichtlich den Liebhaber in ihm genauso liebte wie den

Geliebten –, wie konnte er vor dem, was dieser dicke Präfekt und die beiden Bauernlümmel übriggelassen hatten, auf die Knie fallen! Ich mußte meine Frage noch einmal deutlich wiederholen, denn als Honoré sie vernommen hatte, hatte er aufgehört zu jammern und mich plötzlich mit einem kalten und wütenden Blick gemustert.

Wie sollte er es mir erklären? Ich sehe diese Szene noch vor mir: Ich saß in dem Raum, der bereits seinen Vorgängern als Büro gedient hatte, unter den wachsamen Blikken dieser Präfekten, deren Porträts um das von Louis Philippe gruppiert an der Wand hingen; ich saß in diesem Gebäude mit seinen halbgeschlossenen Fensterläden, in diesem Raum, der so friedlich wirkte und in den die Strahlen der Sonne nur durch die Klappläden drangen und wo man von nebenan die leisen Stimmen von Honorés Untergebenen und das Rascheln von Papier vernahm. Und er, ebenfalls sitzend und hier bei sich in seinem Büro, Herr über seine kleine Welt, der zu diesem Tobsüchtigen geworden war und sich hier, zwei Meter von seiner Wohnung und zehntausend Meilen von seinen Bewohnern entfernt, mit seinem Alptraum herumschlug. Nur der Schatten der parallelen Lamellen der Klappläden in dem goldenen und feinen Staub erinnerten uns an das Vorhandensein einer beruhigenden Sonne, die draußen auf einen offenen Platz schien. Ihre grellen Strahlen fielen auf den Parkettboden und manchmal auf Honorés Schnürstiefel, was wie ein unpassendes Augenzwinkern wirkte.

Im übrigen war mir dieses Augenzwinkern ein dringend benötigter Trost, so sehr beunruhigte mich die emphatische und melodramatische Erzählung meines Gesprächspartners, die, obgleich sie umständlich, naiv und dumm war, Andeutungen enthielt, die trotz ihrer Lächerlichkeit dunkel und bedrohend waren. Auf mein »Wie ist es nur möglich?« also hob Honoré den Kopf und wiederholte: »Wie? Wie?«, wobei er mich störrisch anblickte. Ich sah sein Gesicht, seine blutunterlaufenen Augen und den Mund, der offensichtlich deswegen angeschwollen war, weil er sich während seiner Erzählung zehnmal auf die Lippen gebissen hatte. Es war ein verzerrter Mund in einem verkniffenen Gesicht, ein scheußlicher Anblick von einer unpassenden Vertraulichkeit.

»Hören Sie mal, Lomont«, sagte er mit einer zischenden und harten Stimme, seiner Präfekten- und Aufsteigerstimme, »hören Sie mal, Lomont, Sie sehen doch, daß das keine ordinäre Nutte ist, von der ich Ihnen erzähle ... Hören Sie, Lomont, d'Orty hat ihr tausend Ecus gegeben, damit sie zu ihm kommt, nicht um zu bedienen, sondern um dem Haushalt vorzustehen. Und wissen Sie, daß Doillac vorhatte, sie in seinem Jagdhaus in Confolens unterzubringen und ihr dieses mit all den Möbeln zu überlassen? Wissen Sie, daß sie sowohl das Geld als auch die Möbel und das Haus abgelehnt hat? Und wissen Sie auch, daß sich ihre beiden Tölpel von Liebhabern gestern abend einen tödlichen Messerkampf geliefert haben und daß einer von den beiden im Sterben liegt? Und daß er nach ihr verlangt und sie nicht zu ihm geht? Wissen Sie, daß die Männer tun, was sie will, und mit allem einverstanden sind, weil sie nichts will? Alle, einer wie der andere ...«

»Und ich?« sagte ich lachend, um diesen unsinnigen Redefluß zu unterbrechen. »Und ich, was habe ich ihr angeboten?«

Honoré lächelte.

»Ihr Schweigen«, sagte er. »Einzig und allein Ihr Schweigen, da sie sonst nichts von Ihnen will.«

Ich wurde mit einemmal wütend, wütend, weil ich erkannte, daß er davon wußte.

»Ich habe geschwiegen«, sagte ich, »wegen Flora, allein wegen ihr! Ich will nicht, daß Flora in eure schmutzigen Affären in Küche und Stall mit hineingezogen wird. Flora hat mit diesen tierischen Begattungen, die ihr als euer unentrinnbares Schicksal bezeichnet, nichts zu tun. Und sie wird auch nicht mit hineingezogen werden, seien Sie dessen versichert!«

Ich war bereit, mich zu schlagen, aber das Gewitter brach los, bevor ich endgültig die Beherrschung verlor. Ein dumpfes Grollen ertönte von dem verhangenen Himmel und rollte über den Platz. Ein plötzlich aufgekommener, heftiger Wind fegte über ihn hinweg, schlug auf einmal dreißig Fensterläden zu und schien sich auf die Pflastersteine zu werfen. Die Sonne verschwand plötzlich, und unwillkürlich warf ich einen Blick aus dem Fenster. Ich bemerkte nun nicht nur die weggeworfenen Zeitungen oder die üblichen, vorzeitig verwelkten und abgefallenen Blätter, die überall auf dem Paradeplatz umherflogen, sondern auch unbeschreibliche Abfälle, die dieser Wind offensichtlich aus der Vorstadt hergetrieben hatte: Glasscherben, Flaschenkorken, Lumpen, abscheulichen Müll, der nicht hierhergehörte an diesen Ort, mit seinen angesehenen Persönlichkeiten. Diese Zeugnisse elenden Lebens aus einer anderen Welt, einer Welt, die, so unglaublich es auch klingen mochte, nur zweihundert Meter weiter anfing, hatten etwas Unheimliches an sich. Die Bewohner des Platzes warfen wie ich einen erstaunten und entrüsteten Blick auf dieses scheußliche Zeug. Ich wich zurück und stieß beinahe gegen Honoré, der direkt hinter mir stand und auch hinausblickte.

»Hören Sie, Honoré«, sagte ich, »fassen Sie sich wieder. Alles in allem gibt es nicht tausend Stellungen, um mit einer Frau zu schlafen. Nach Ansicht der Hindus gibt es nur sechsunddreißig. Das sind bereits sehr viel mehr, als ich kenne. Aber Vergnügen bleibt Vergnügen, mein Guter, nicht mehr und nicht weniger.«

Einen Augenblick lang war es still, bevor Honoré mit tiefer Stimme sagte:

»Viel mehr und viel weniger, Lomont, ich schwöre es Ihnen.«

Diese tiefe, beinahe tonlose Stimme hatte eine größere Wirkung auf mich als all seine vorherigen, lyrischen Bekenntnisse. Er sprach nicht mehr, er beklagte sich nicht mehr, er schien nicht einmal mehr zu leiden, und dennoch glich Honoré an diesem stürmischen Spätnachmittag in dieser Atmosphäre, die so eigenartig war, daß ich sogar den Geruch des Jasmins auf der anderen Seite des Platzes roch, einem zum Tode verurteilten Mann, einem bereits toten Mann.

»Ich werde Flora bitten, sie zu entlassen«, murmelte ich verzweifelt. Und das war ganz offensichtlich die einzige Chance für Honoré, eines Tages diese Hetäre, die sich in Margelasse eingenistet hatte, käuflich zu erwerben. Doch ich empfand das Gefühl unmittelbar drohender Gefahr, die Vorahnung einer plötzlich ausbrechenden Katastrophe, die mächtiger als all meine persönlichen Hoffnungen war und stärker als mein Egoismus und meine Melancholie.

Honoré blickte mit den Augen eines kranken Tieres zu mir auf und sagte nur:

»Wenn sie fortgeht, dann werde ich ihr nachlaufen, verstehen Sie, Lomont?«

Diese sanfte Ergebenheit überwältigte mich endgültig.

Nachdem ich in Nersac angekommen war, stürzte ich in die Küche, aber weder der Käse noch die Flasche Anjouwein, die ich in einem Zug leerte, als ob sie einen Stärkungstrunk enthielte, konnten mich beruhigen.

Der lange Hin- und Rückweg zu dem großen Ball, den d'Orty in seinem Schloß gab, das weit von Angoulême entfernt lag, zwang alle Gäste, dort die Nacht zu verbringen, und jeder Besucher machte sich also mit seiner Kammerfrau oder seinem Diener in der Kutsche auf den Weg, um vor dem Ball festliche Kleidung anlegen zu können. Ich beschloß, dieses Zusammentreffen günstiger Umstände auszunutzen und mich mit dieser Messalina offen auszusprechen. Ich würde ihr befehlen, ohne ein Wort der Erklärung und ohne Flora vorher in Kenntnis zu setzen zu verschwinden. Ich würde genügend Geld mitnehmen, um sie dazu zu bewegen. Denn ihre Weigerung, Honorés Geld anzunehmen, bedeutete meiner Meinung nach nur, daß sie eine große Summe bar auf dem Tisch sehen wollte. Es gab kaum eine andere Erklärung für ihr Verhalten, denn sie liebte weder die einen noch die anderen. Ich hätte glauben können, sie wäre empfänglich für Gildas' Schönheit, wenn Honoré nicht im Verlauf seiner Beichte zugegeben hätte, sie noch tags zuvor in einer Pferdebox genommen zu haben. Sie war zweifellos eine Frau, die in ihren eigenen Körper verliebt war, ein Mißgriff der Natur, und das Lächeln, das sie mir über Gildas' Schulter hinweg zugeworfen hatte, als ich sie überrascht hatte, dieses provozierende und spöttische

Lächeln stellte meiner Meinung nach ebenso wie der Ausdruck ihrer länglichen Augen den Beweis dar, daß unsere Messalina, da sie an niemandem hing, folglich am Geld hängen mußte. Ich kannte diese Art von Täuschungsmanövern, da mein Beruf als Notar mich alles über die Habgier und Geschicklichkeit der Frauen gelehrt hatte. Kurz, ich hatte mich dazu entschlossen, ebenso gebieterisch wie großzügig aufzutreten, und wenn eine Summe von tausend Ecus ausreichte, um meine Freunde, die Gefährten meines Lebens, von dieser Furie zu befreien, so wog dieses finanzielle Opfer, verglichen mit der Aufgabe meiner gefühlvollen Hoffnungen, nicht schwer. Ich machte mich also nach Büroschluß zusammen mit Honoré in seinem Wagen auf den Weg nach Cognac. Auf dem Hinweg war ich seinen Herzensergüssen erneut ausgeliefert. Obendrein führte der Unglückliche Selbstgespräche.

»Ich verabscheue sie«, sagte er und warf wilde Blicke aus dem Wagenfenster, als ob er eine unbekannte Landschaft durchquerte, »ich verabscheue sie, und ich fühle mich nur wohl, wenn ich mit ihr zusammen bin.«

Sein Anblick ließ mich an einen von diesen Schuldenmachern denken, die erst nachträglich begreifen, daß die Hypotheken ihr Verhängnis sind. In seinem Fall hatte man ihm den Körper, den er sich geborgt hatte, sofort wieder weggenommen. Sein Leben, sein Ruf und seine Karriere waren mit einer Hypothek belastet. Sein Leiden und seine Besessenheit waren der Wucherzins, den er zu zahlen hatte. Denn sein Begehren war nicht mehr das undeutliche, dunkle Verlangen, das man nach einer unbekannten Frau verspürt; an seine Stelle waren nun Bilder, Gesten, bedrängende Erinnerungen getreten. Eine riesige, grelle, blendende Sonne hatte die Dunkelheit seines Verlangens vertrieben. Mit aufgerissenen Augen und unter der Last einer allzu genauen Erinnerung schwankend, ging er auf sie zu. Jeder weiß, daß es sowohl in der Musik als auch beim Essen nicht darum geht, das zu entdekken, was einen erfreut, sondern es wiederzuerkennen. Nicht die Feststellung, sie zu empfinden, bereitet die größte Lust, sondern sie ebenso und anders als beim ersten Mal wieder zu verspüren. Wenn man sie beide sah, hätte man glauben können, sowohl Honorés als auch Gildas' Erinnerungen seien anscheinend sehr quälend, denn sowenig sie sich einander sonst ähnelten, so hatten sie doch beide diesen gleichen Blick eines ungläubigen Märtyrers. Denn Märtyrer waren sie alle beide. Auf ihren Wunsch hin oder, besser gesagt, auf ihre Forderung hin hatten alle beide dieser Hure Liebesbriefe geschrieben, und Marthe hatte sie gelesen und genügend oft wieder gelesen, um sich an die Passagen zu erinnern und sie ihnen auswendig zitieren zu können. Bei jedem Rendezvous zitierte sie ihnen ein paar zusammenhanglose, je nach augenblicklicher Laune ausgewählte Zeilen. Am hellichten Tage wirkten die im nächtlichen Fieber und im Zustand der Übermüdung niedergeschriebenen Worte nur noch grotesk und lächerlich. Sie waren zu direkt, kamen zu sehr von Herzen. Im Tageslicht wirkten diese mit Tinte geschriebenen Formulierungen farblos oder im Gegenteil glühend leidenschaftlich, fast schon obszön. Überdies verwechselte sie die Briefe oder tat so, als ob. Sie wiederholte dem einen die Worte des anderen, die anzüglichsten natürlich, und lachte schallend los, wenn der Unglückliche voller Wut oder Verzweiflung, vergeblich um eine würdige Haltung bemüht, den Irrtum richtigstellte und sie darauf aufmerksam machte, daß sie die Absender verwechsle. Das brachte sie zum Lachen, bis ihr die Tränen kamen. »Pah! Was macht das schon!« pflegte sie darauf zu antworten, »sie haben ja die gleiche

Empfängerin ...« Honoré, den sie seit einem traurigen Rendezvous im dichten Gebüsch, von dem er beschämt und verlegen zurückgekommen war, den »Präfekten der Speisepilze« nannte, Honoré war ihr völlig verfallen, schicksalsergeben zu allem bereit, außer von ihr zu lassen. Aber diese schicksalsergebene Unterwerfung ging Marthe auf die Nerven. Er schien nicht einmal mehr zu leiden, wenn er hörte, wie sie mit leidenschaftlicher Miene Formulierungen wiederholte, von denen nur jede dritte von ihm stammte, Formulierungen, die ihm übrigens nicht lächerlicher vorkamen als seine eigenen. Anscheinend war Gildas der einzige, der sich ihr widersetzte. Gildas, der sich noch weigerte, sich von Flora loszusagen, und der folglich ihre grausame Phantasie am meisten anregte und ihr gleichzeitig – wie sie immer zu Honoré sagte – die größte Lust bereitete. Honoré gegenüber lobte sie seine Schönheit und verglich sie mit seiner eigenen Unscheinbarkeit. Unter all den Edelmännern, deren Person, Liebe und Reichtümer sie bis zu diesem Zeitpunkt mit soviel Hochmut verschmäht hatte, war Gildas dennoch der einzige, der sie meiner Meinung nach hätte verführen können. Aber wenn sie Gildas liebte, warum floh sie nicht mit ihm? Gildas war nun reich; seine Stücke und seine Bücher verkauften sich überall gut. Und wenn sie ihn nicht liebte, warum warf sie sich ihm an den Hals und begehrte ihn mit dieser Leidenschaft, von der der arme Honoré voller Wonne berichtete?

Ich spreche hier von Marthe, bevor ich sie wirklich auftreten lasse, aber das ist unumgänglich, damit man weiß, wie diese Frau war, und damit man dem Fortgang dieser Erzählung folgen kann.

Aber wer ist denn dieser »man«, um den ich mich plötzlich so sorge, damit er nicht verwirrt wird? Ich sollte aufhören zu schreiben. Aber die Größen der Literatur mögen es mir verzeihen: Zur Zeit bereitet mir diese Stunde, die ich jeden Tag über dieses Heft gebeugt verbringe, Freude. Oft vergesse ich darüber die Zeit. Unlängst erschrak meine Haushälterin am Abend zutiefst, als sie sah, daß die Zeit zum Abendessen verstrichen war. Sie rief von der Treppe aus nach mir, weil sie sich Sorgen um meine Gesundheit machte. In dieser Hinsicht konnte ich sie vollkommen beruhigen, denn dank des Frohsinns, über den Schreiberlinge im allgemeinen verfügen, war ich beim Essen ausgezeichneter Laune. Bei Tisch saß ich zwischen Flora, Honoré, d'Orty und Marthe, die ich anscheinend alle wieder zum Leben erweckt hatte. Ich habe auf Honoré, auf meine toten Freunde, auf meine verschwundene Feindin und auf meine schöne und für immer dahingegangene Geliebte stumme und lustige Toasts ausgebracht.

Das herrschaftliche Palais, das d'Orty in Cognac geerbt hatte, war eines der schönsten im Lande. Seine Riesengröße und seine schöne Gestaltung verliehen den spärlich möblierten Räumen eine unwirkliche Stimmung, die mir schon immer gefallen hatte. Dieses Gefühl wollte sich an jenem Abend, als der Ball stattfand, nicht wieder einstellen. Wahrscheinlich, um seine Kammerzofen-Mätresse zu beeindrucken, hatte d'Orty die ganze Provinz eingeladen und so mit einem Schlag das ganze Geld verschleudert, das sie verschmäht hatte. Er bereitete seinen Gästen einen königlichen Empfang; Tausende von flakkernden Kerzen und farbigen Blumen ließen das Haus erstrahlen und leuchten. In zwei großen Räumen hatte man zwei prachtvolle Buffets aufgebaut, und fünfzig Lakaien, die aus Bordeaux und Périgueux gekommen waren, kümmerten sich um alles. Wir waren alle maskiert und darauf bedacht, nicht allzu schnell wiedererkannt zu werden. Jede Frau und jeder Mann erschien in neuer Toilette und trug eine Maske, die man spätestens um zwei Uhr morgens und frühestens um Mitternacht abnehmen sollte. Den armen d'Orty, dessen geistige Fähigkeiten durch die erlittenen Schicksalsschläge anscheinend abnahmen, erkannte ich sofort an seiner schwachen Stimme wieder, aber ich stellte mich dumm. Ebenso schnell konnte ich Flora identifizieren. Sie trug ein nachtblaues Kleid, das sie sogleich verriet. Es war von dem gleichen nächtlichen Blau wie ihre Augen. Jeder Beobachter, der auch nur ein bißchen für sie schwärmte, konnte sie erkennen. Nichtsdestoweniger redete ich sie mit zerstreuter Miene mit »Madame« an. Als Antwort darauf lachte sie, zunächst leise, dann schallend. Es war ein ansteckendes Lachen, das uns nach fünf Minuten dazu zwang, unsere Masken abzunehmen, uns gegenseitig Kühlung zuzufächeln und unsere albernen Tränen zu trocknen.

»Meine Schminke ist bestimmt abscheulich!« sagte sie und rieb sich die Augen. »Aber, mein Gott, Lomont, würden Sie wirklich in diesem Ton ›Guten Abend, Madame, meine Verehrung, Madame‹ zu einer unbekannten Frau sagen? Ihre Stimme klang wie die des Verführers in der Komödie . . . Geben Sie zu, daß Sie mich sogleich erkannt haben.«

Ich bestritt es energisch, und wir gingen zum Tanzen in den Ballsaal. Wir bewegten uns so harmonisch im Takt der Musik des Orchesters, daß beifälliges Gemurmel laut wurde. Nach drei Walzern und einer Polka bat Flora um Gnade. Ich geleitete sie zu einem kleinen Sessel, bevor ich mich auf ihre Bitte hin auf die Suche nach Gildas machte, den sie seit Beginn unseres Tanzes, als er ihr zweimal zugelächelt hatte, nicht mehr gesehen hatte. »Er ist ebenso angezogen wie alle anderen, und seine Maske ist goldfarben und leuchtet«, beschrieb sie ihn, damit ich ihn erkenne. Ich durchquerte also zweimal aufmerksam eine unbekannte Menge – es waren ebenso viele Gäste aus Paris, Lyon und Bordeaux gekommen wie aus Angoulême – und suchte überall diese goldene Maske, konnte sie aber nicht finden. Ich hatte dies übrigens bereits befürchtet. Es waren also bereits zehn Minuten vergangen, als ich mich schließlich auf den Weg zu Floras Gemächern machte. Vor dem Ball hatte ich mit ihnen auf ihren Zimmern, die man für sie reserviert hatte, Portwein getrunken. Verlassene Gänge, verlassene Zimmer, verlassene Umkleideräume. Ich schlich von einem dunklen Zimmer zum anderen, öffnete leise die Türen, lauschte in die Stille hinein und machte mich wieder auf den Weg in andere gleich aussehende Zimmer. Das letzte war das richtige. Dort wurde die Stille im Dunkeln vom Rascheln von Seide, vom Geräusch des Zurückschlagens einiger Bettlaken und einem Lärmen, das ich sofort wiedererkannte, durchbrochen: Es war das Geräusch eines Körpers, der in schnellem Rhythmus gegen einen anderen Körper klatschte. Bei diesem Geräusch blieb ich wie angewurzelt auf der Türschwelle stehen und schlug die Tür wieder zu. Aber ich lehnte meinen Kopf gegen die Wand des Ganges, und ich hielt mir meine Ohren zu, als die Frau das tierische Brüllen, den Schrei der Liebe hören ließ, der dem einer großen Raubkatze ähnelte, die vor Wut, Schmerz und Gewalttätigkeit außer sich ist, und der sich mit einem brutalen und unerträglichen Ton überschlug. Es war unerträglich und riß mich wieder mit einem Satz nach vorn, schleuderte mich in dieses Zimmer. Mein einziger Gedanke war, Gildas von dieser Frau fortzureißen, mich statt seiner zwischen diese Beine und auf diesen Körper zu werfen, aus dem dieser Schrei, diese durch fleischliche Lust wachgerufene Stimme hervorbrach: diese tierische Stimme des Weibchens, nach dem es alle Männer verlangt, und das sie nie finden. Ich warf mich gegen die Tür, aber gegen den falschen Flügel. Die Wucht des Aufpralls brachte mich beinahe um, aber sie riß mich in die Realität zurück. Um mich herum herrschte Grabesstille, die beunruhigend und fast noch unerträglicher war als dieser kurz zuvor von dieser

Stimme ausgestoßene schreckliche Schrei, schrecklich durch seine intensive animalische Lust. Ich weiß weder, wie ich wieder zur Treppe zurückfand, noch, durch welches Wunder ich in einem Spiegel den verstörten Unbekannten wiedererkannte, der die Stufen hinabstieg und der ich selbst sein sollte, Nicolas Lomont, das Gesicht so entstellt, wie ich es bei Leuten gesehen hatte, die große Furcht ausgestanden hatten. Bei dem Gedanken, mich wieder unter diese Menge mischen zu müssen, verspürte ich eine Sekunde lang panische Angst. Jemand stieß mich an, und als er sich umdrehte, um sich zu entschuldigen, sah ich seine Maske und damit einen Ausweg aus meiner Notlage. Ich erinnerte mich daran, die meinige in die Tasche gesteckt zu haben, als ich die Treppe hinaufgestiegen war. Ich suchte sie fünf Minuten lang auf der Treppe, bis ein vorbeikommender Lakai angesichts meiner Beule und meiner violett geschwollenen Stirn einen entsetzten Schrei ausstieß. Er legte mir Eis und Kompressen auf und machte sich auf den Weg, um mir eine andere Maske von seinem Herrn zu holen. Ich wartete in der Küche auf ihn, bei den Dienern, die hier ebenso geschäftig, barsch und erschöpft waren, wie sie draußen in den Empfangsräumen lächelnd und friedlich auftraten. Meine Anwesenheit störte sie nicht einmal, und dadurch, daß sie mich so völlig ignorierten, erschien mir schließlich die Zeit doch recht lang. Endlich kam mein vergeßlicher Lakai außer Atem zurück und brachte mir eine neue Maske und eine Art Turban, der die Wunden und Beulen an meinem Kopf verbarg. Ich gab ihm ein paar Louisdors, und dieser wundertätige Krankenpfleger flößte mir ein Gebräu ein, das, wie er sagte, »einem am Boden liegenden *honnîte homme* wieder auf die Beine verhilft«. Ich machte mich dann in der Tat beschwingten Schrittes wieder auf den Weg zurück in die Menge und legte mir innerlich eine Entschuldigung für Flora zurecht. Ich hatte vor, ihr zu sagen, daß ich ihren Geliebten nirgends gefunden hatte, als ich ihn neben ihr stehen sah, wie er sich begeistert, lustig und herzlich mit ihr unterhielt. Flora antwortete mit einem Lächeln, tief in ihren Augen, voller Zärtlichkeit und mit hingebungsvollem Blick. Er wirkte so glücklich, so leidenschaftlich und so aufrichtig, daß die Frauen, die der Walzer in seine Nähe führte, darüber ihre Begleiter vergaßen. Ich sah, wie sie Flora musterten, um einen Makel an ihr zu entdecken, damit dieses Glück nicht ganz so grausam anzusehen war. Denn das Glück war vorhanden, ebenso wie die Liebe: die unendliche und vollkommene Liebe, die reine Liebe, das von allen erträumte und gesuchte Glück, das Glück, das beiden ins Gesicht geschrieben stand und das vom Wohlwollen einer Kammerzofe abhing. Gildas' Begierde, sein Stolz und sein aufrichtiges Verlangen waren befriedigt, und er war gekommen, um dieses Glück jener Frau zu schenken, die er wirklich liebte, die er wirklich über alles verehrte und schätzte und die er wenige Minuten zuvor betrogen hatte, vielleicht einzig und allein deswegen, um sie danach noch besser lieben zu können. Gildas wirkte so schön, so jung und, trotz des Genusses körperlicher Liebe mit einer anderen Frau, so unschuldig, daß ich anfing, diese libertinistisch gesinnten Geister zu begreifen, die behaupteten, Körper und Seele hätten nichts miteinander zu tun und der Körper sei eigentlich nicht dazu geschaffen, sich der Seele unterzuordnen. Als wäre es wahr, daß es bei den Menschen ein unschuldiges Vergnügen gäbe und all die Poren der Haut, die erschöpften Sinne, die glückselig entspannten Nerven, als ob all das, was uns dazu dient, die Lust zu genießen, uns auch eine ursprüngliche Unschuld wieder verliehe. Als wäre es wahr, daß die Übereinkunft, die Lust miteinander zu teilen, sie sich gegenseitig zu verschaffen, als wäre es wahr, daß der Austausch gleicher Gesten, gleicher Gelüste und Begierden an sich zu achten sei. Der Körper von Gildas de Caussinade, diesem kleinen, allzu schönen und allzu begabten Bauern, dem allzuviel zustieß, war in meinen erbosten und eifersüchtigen Augen durch und durch unschuldig. Schuld lastete einzig und allein auf Gildas' Seele, die sich erniedrigte, sich vergaß und sich dafür haßte. Mit ihr korrespondierte Floras treuer Körper, der wie eine hinkende Anstandsdame durch alle Gänge lief, auf Verfolgungsjagd nach ihrer niederträchtigen und herrlichen Beute, nach dem geschmeidigen, leidenschaftlichen und ausgehungerten Körper von Gildas!

Und was mich betraf, so mußte ich mir nun in der Tat eingestehen, daß Gildas in mir mehr Neid als Wut, Eifersucht oder Verachtung erregte. Aber was für einen Neid! Nicht Neid auf das Leben, das er führte, und das er mit Flora verbringen würde, sondern Neid auf die Viertelstunde, die er soeben gerade erlebt hatte. Mehr als von Neid war meine Seele von Verzweiflung, von Rachsucht erfüllt, gleichsam, als ob man einem Rivalen lieber sein Glück als die Leidenschaft gönnte. Denn das Glück spannt ihn zusammen mit seiner Gefährtin bis zum Tod in ein Joch und überläßt uns dem Unglück, sicherlich, aber auch der Leidenschaft ihren Irrwegen und ihren Freiheiten. Ich wurde mir schließlich dessen bewußt, daß ich meinen linken Arm dafür gegeben hätte, um noch einmal diese gequälte und glückselige Stimme, die ich wenige Augenblicke zuvor vernommen hatte, wiederzuhören, und meinen rechten Arm, um behaupten zu können, sie habe diesen Schrei unter mir ausgestoßen. Kurz, ich wurde mir darüber klar, daß ich durch das von dem Lakaien verabreichte Gebräu betrunken war und ich meinen Rausch nicht in diesem Salon, sondern anderswo ausschlafen mußte. Ehe ich mich versah, befand ich mich schon auf dem Weg durch die Gänge zu diesem gefährlichen Biest, um meine Mission als tugendhafter Mann und treuer Freund zu erfüllen.

Ich traf sie auf einem kleinen Stuhl sitzend an, am Fußende dieses Bettes, in dem sie kurz zuvor ihre Schreie ausgestoßen hatte und das nun mit seinen völlig straff gezogenen Laken provinzielle Tugendhaftigkeit ausstrahlte. Ihre Haltung war die einer Klosterpförtnerin. Sie trug eine schwarze Bluse und einen Rock, der fast bis zu ihren Schuhen reichte, die jenen glichen, wie sie Stuhlvermieterinnen tragen. Anscheinend nähte sie einen Knopf an ein schwarz- und goldenglänzendes Kleid, das ich noch nie an Flora gesehen hatte. Ich blieb in der Tür stehen und hüstelte. Sie warf mir einen Blick zu, der zunächst gelangweilt war und dann, als mein leicht schwankender Gang beim Betreten des Raumes meinen alkoholisierten Zustand erkennen ließ, Überraschung ausdrückte. Aber ihr versteckter Spott, sofern er überhaupt vorhanden war, berührte mich nicht. Ich sah nicht mehr dieses strenge Gesicht, dieses verschlossene und beinahe unhöfliche Gesicht, das sie zu einer Frau machte, die nicht in die freundliche Dienerschaft Floras paßte. Ich betrachtete ihre Haut, die so fein und so weiß war, von einem so matten Weiß, so daß ein Wutanfall sicherlich leuchtendrote Flecke auf ihr verursachte. Ich betrachtete die hängenden Mundwinkel, den ebenso gierigen wie verächtlich verzogenen Mund; ich betrachtete die auseinanderstehenden Backenknochen, die länglichen, stahlgrauen Augen; ich zerlegte dieses Gesicht in seine einzelnen Bestandteile und rekonstruierte mühelos jenes Gesicht, dem kurz zuvor dieser Liebesschrei entfahren war. Offensichtlich sah sie etwas in meinen Augen, das sie veranlaßte, mit dem Nähen aufzuhören und ihren Blick auf meine Augen zu heften. In ihren Augen lag Interesse, Neugierde und vielleicht Belustigung, keine Spur von Scham oder Schrecken, nicht einmal von Verlegenheit. Insgeheim hatte ich doch damit gerechnet, die Beschämung würde meinen Gegner hemmen. Und welche Frau hätte es nicht beschämt, einen Mann wiederzusehen, der sie einige Minuten zuvor bei der innigsten Vereinigung mit einem anderen überrascht hat und der nun vor ihr steht? Warum stelle ich diese lächerliche Frage, wenn ich doch die Antwort darauf kenne? Welche Frau? Eine einzige: diese. Ich hätte schreiben sollen: »Ich stand der Frau gegenüber, die, wie ich wußte, die einzige war, die keinerlei Scham empfand.« Es ist soweit! Ich gebe mich nun doch diesen schriftstellerischen Manieriertheiten hin, die ich früher so verspottet habe. Und darüber hinaus wird mir immer deutlicher bewußt, welche unechten Probleme und welche irreführenden Fragen man aufwirft, zu welchen Listen man in der Literatur greift, um das Interesse eines möglicherweise dösenden Lesers zu wecken. Mir wird schwindlig, wenn ich an all die anderen Kunstgriffe denke, die wir, zweifelsohne unbewußt, im alltäglichen Leben verwenden, um etwas Interesse für das Leben einer Person zu wecken, die doch um einiges interessanter, aber leider auch um einiges schwieriger ist als jeder Leser: wir selbst.

»Ich muß mit Ihnen sprechen«, sagte ich endlich und gab mir allergrößte Mühe, deutlich zu sprechen, aber das löste nur dem unbekannten Schwätzer in mir die

Zunge, einem Schwätzer, der trotz des Genusses von Alkohol bis dahin niemals zuvor zum Vorschein gekommen war.

Ich hielt also eine sehr schöne Rede, die abwechselnd feierlich, heuchlerisch, drohend und vertraulich, liebevoll und wütend war. Ich sprach über Flora, ihre Güte, ihre Hochachtung für sie, ich versicherte ihr, daß ihre, Marthes, Erfolge bis über Paris hinaus gerühmt werden würden und daß die Gendarmen sie mit Gewalt dort hinbringen würden, wenn sie nicht die von mir angebotenen zehntausend Ecus und gleichzeitig ihren Abschied nehmen würde. Wie war ich von der am Vorabend vorgesehenen Summe von tausend Ecus auf zehntausend gekommen? Ich verstand es selbst nicht, und ich konnte mir nur vorstellen, daß das Stärkungsmittel des Lakaien diese unheilvolle Großzügigkeit hatte auslösen können.

Alles in allem war ich theatralisch, ergreifend und lächerlich, und auf alle Fälle zu weitschweifig. Die Klänge des Orchesters waren in diesem Zimmer, das im milden Licht des Halbdunkels lag, nur noch gedämpft zu vernehmen, dieses Zimmer, in dem ich dieser einfachen Dienerin gegenübersaß, die mir mit einem unbewegten und träumerischen, aber vollkommen aufmerksamen Gesichtsausdruck zuhörte, ohne mich auch nur einen Moment lang aus den Augen zu lassen. Nach einer Weile erhob ich mich, erregt durch meine feurige Argumentation, lief auf und ab, und sie folgte mir mit den Blicken. Mit ihrem klaren und metallischen Blick musterte sie meine Haare, meine Schultern, meinen Oberkörper und meine Knie. Sie sah aus wie ein Wucherer, der innerlich den Wert des dargebotenen Gegenstandes abschätzt. Zehnmal wanderten ihre Blicke auf und ab, von Kopf bis Fuß und zurück.

Anfänglich nahm ich an diesen Blicken, die eine Beleidigung für jeden Mann waren, keinen Anstoß, Blicke, wie sie für gewöhnlich den Männern vorbehalten sind, wenn sie eine Frau mustern. Ich will damit sagen, daß sie vor allem offen waren, viel offener als wollüstig, trotz ihrer schamlosen Eindeutigkeit. Als mir klar wurde, was ihr Gesichtsausdruck bedeutete, blieb ich drei Meter vor ihr stehen und versuchte, meine Erregung zu verbergen, indem ich noch einige Worte stammelte, die sie nicht zur Kenntnis nahm. Sie lächelte vage und starrte auf meine Taille. Es lag etwas Beifälliges in ihrem Gesicht, das mich veranlaßte, an mir selbst herabzublicken. Als ich dort den Grund für dieses Lächeln sah, wurde ich knallrot und wütend. Sie blickte zu mir auf und legte ihre Näharbeit auf den Tisch. Sie schaute mich durchdringend an, und zu meinem Entsetzen kam sie auf mich zu und legte eine Hand, die sich durch meine Kleidung zart und grob zugleich anfühlte, auf die Ursache meiner Beschämung und ihres Spotts. Sie murmelte kaum hörbar: »Aber ja ... bis bald?« und verschwand, vor sich hin summend, durch die Tür.

Dieser »Abgang« ließ mich angesichts der Lächerlichkeit der Situation sprachlos und verdutzt zurück. Woher kam diese knabenhafte Verwirrung über den erstbesten Unterrock? In der Tat, ich hatte mich gründlich verrechnet. Meine fromme Rede und meine frommen Ratschläge – ich sage bewußt Ratschläge, denn schließlich konnte ich ihr keine Befehle erteilen –, meine ganze schöne tugendhafte Gleichung, die ich aufgestellt hatte, verlor, einmal auf diesen obendrein allen Männern gemeinsamen und einfach ordinären Nenner gebracht, ihre ganze Überzeugungskraft, wenn man annahm, daß sie überhaupt je welche gehabt hatte. Überdies fing ich allmählich an, an Marthes Macht zu glauben, da ich mir vor ihr die Blöße gegeben hatte, nicht dazu fähig zu sein, ihrem Körper zu widerstehen, obwohl es mir doch früher so leichtgefallen war, aufrichtige Verachtung für ihre moralische Haltung zu empfinden. Sie flößte mir eine solche Abneigung ein, daß es mir vorkam, als ob mein Körper sich täuschte und meine warme und behagliche Haut, die zusammen mit ein paar Knochen und zweckmäßigen Körperteilen meine Seele umgab, unfähig gewesen wäre, diese Hure von Flora zu unterscheiden. Ich war sehr enttäuscht von mir. Ich hatte während meines ganzen bisherigen Lebens dümmlich gelacht, wenn man mir von Menschen erzählt hatte, die ihre Leidenschaften nicht zu zügeln vermochten. Mein Körper hatte mir immer gehorcht und gehorchte mir immer noch, rasch und folgsam. Seit meiner Geburt signalisierte er mir sein Vorhandensein außer durch Genüsse und Vergnügungen, die er mir ermöglichte, nur durch kleine, unbedeutende Forderungen, die seit dreißig Jahren stets die gleichen waren. Diese Forderungen bestanden darin, wie er mir durch Fieber oder dauernde Unterbrechungen meines nächtlichen Schlafes mitteilte, ihn ins Bett zu legen und warm zuzudecken oder am folgenden Tag den Wein zu meiden. Was seine geschlechtlichen Bedürfnisse betraf, so brachte das von Zeit zu Zeit einen Ausflug nach Bordeaux mit sich, wo das Haus mit der roten Laterne stand, in dem ich diese materialistischen, aber prüden alten Knochen einer Pflegerin übergeben wollte. Ich kam dort nach einem dreistündigen Ritt immer verstaubt, aber zufrieden an und brannte darauf, am Abend neben einem warmen, menschlichen Körper zu liegen und meinen Körper seinen überflüssigen Gelüsten zu überlassen. Mein Körper war mir ein guter Diener, aber er vertrug manchmal seine Einsamkeit schlecht; ich bot ihm mittels einer Hure die Wärme, die Gesten der Frauen, ihr Parfum, ihre Sanftheit, dieses gemeinsame Leben mit einem anderen Menschen, und wenn es auch nur für eine Stunde war. Danach war ich immer melancholisch und er befriedigt, ich verspürte nur noch Widerwillen und er Begierde. Und diese Abenteuerinnen, die uns der Zufall ins Bett legte, wußten dies sicherlich oder errieten es, denn ich sah, wie sie mit einemmal sanft und mütterlich wurden, wie übrigens alle Frauen, denen wir Lust bereitet haben, oder, besser gesagt, alle Frauen, die uns in diesem Glauben bestärkt haben. Dieser käufliche Körper neben mir, dieser verführte Körper, ob er nun Lust empfand oder nicht, war der einzige, dessen Nähe ich ertragen konnte, wenn meiner, der Zärtlichkeit entwöhnt und von der Einsamkeit übermannt, trotz meiner moralischen Rügen anfing, zu seufzen und unruhig zu werden. Mein Körper, dieses menschliche Tier, das niemanden interessierte und noch weniger als »niemanden« Flora interessierte.

Ich erwachte wie aus einem Traum und bemerkte daraufhin erstaunt, daß seit dem Beginn meiner Rede erst eine halbe Stunde vergangen war, während es mir dagegen so vorkam, als wäre ich schon seit drei Stunden in diesem Zimmer. Ich fühlte mich nun ein wenig berauscht von meinen schönen Redewendungen, die ein hinlängliches Zeugnis meiner Begabung hierfür abgelegt hatten, hinlänglich, wie ich fand, um ihren totalen Mißerfolg zu vergessen. Es waren ihre Feinheiten gewesen, die dieser Hure entgangen waren, ich hatte zu hoch angesetzt. So stieg ich, während ich mir Märchen erzählte und versuchte, die Schande geringer scheinen zu lassen, die Treppe zu den Empfangsräumen hinunter, über die ich kurz zuvor selbstsicher, von meinen treffenden Argumenten überzeugt, heraufgestiegen war. Es hatte noch nicht Mitternacht geschlagen. Ich sah mich plötzlich von Masken umringt, nicht weit von Flora und Gildas entfernt, die, umgeben von einer Schar von Bewunderern, beieinander saßen. Ich hörte ihn, wie er fröhlich schwatzte, viel fröhlicher als Flora, sagte ich mir, während ich sie betrachtete. Ein unbekannter, bitterer Zug lag um ihren Mund, ihre Lippen waren verkniffen. Ich drängte mich durch den dichten Kreis der Umstehenden und forderte sie zum Tanz auf, was sie irgendwie, ohne daß ich wußte, warum, zu erleichtern schien. Normalerweise trennte sie sich nicht gern von Gildas. Sobald sie in demselben Raum waren, verspürte sie instinktiv das Bedürfnis, seine körperliche Nähe zu suchen, ein Bedürfnis, das ebenso augenfällig war wie das selbstauferlegte Gebot, das ihr für gewöhnlich untersagte, den Körper ihres Geliebten auch nur mit einem Finger oder einer flüchtigen Geste zu berühren. In diesem Augenblick erinnerte ich mich an das Verhalten vor Leidenschaft glühender Liebender, das diese Liebenden, vor allem jene, die sich ihre Liebe bewiesen haben, bevor sie wieder in der Gesellschaft aufeinandertreffen, veranlaßt, sich zu entfernen oder einen Schritt zurückzuweichen, wenn der Zufall sie zusammenführt. Diese glücklichen, sündigen, leidenschaftlichen und befriedigten Liebenden erbleichen so auffällig und weichen so übertrieben zurück, daß sie entgegen ihrer Absicht ihre heimliche Intimität, die sie einen ganzen Nachmittag lang zur Besessenheit, Lust und Erschöpfung getrieben hat, verraten. Denken sie später an die Ereignisse zurück, so fragen sie sich auf einmal skeptisch, was sich denn nun an diesem Nachmittag so Erschütterndes oder Beglückendes ereignet habe, Augenblicke, in denen sich die Liebenden – vor allem die Männer – allein und ungebunden fühlen, vollkommen glücklich darüber, es zu sein, und von dem Wunsch beseelt, es zu bleiben. Sie kosten die Flegelhaftigkeit ihres befriedigten und gleichgültigen Körpers aus, der von einer Gleichgültigkeit und einer Kälte ist, die ihrem Zynismus schmeichelt; aber eine Satzmelodie, eine Handbewegung, ein von dem anderen gebrauchtes Adjektiv ruft ihnen auf einmal die ganze Sanftheit dieses Liebesnachmittages, die ganze Wirklichkeit dieser kurzen Stunden, diese ganze charmante Maßlosigkeit der Leidenschaft blitzschnell in Erinnerung.

Ich breche hier diese lange und überflüssige Moralpredigt ab. Ich verzichte übrigens gern auf ihre Fortführung. Ich kehre nun unverzüglich wieder auf das Parkett des armen d'Orty zurück, wo ich mit Flora Walzer tanze.

Wir tanzten wieder zusammen, aber dieses Mal versuchte ich nicht, meinen Schwung und ihre Gelöstheit auszunutzen, um sie fest an mich zu drücken. Denn Flora war plötzlich traurig. Sie überließ sich, auf meinen Arm gestützt, meiner Führung, den Körper nach hinten geneigt, den Oberkörper durch die Drehbewegung des Walzers zurückgebogen, aber nicht, um sich dem freudigen Taumel zu überlassen, sondern deswegen, weil sie, ohne daß es sie wirklich danach verlangte, in meinen Armen lag. Wie soll ich es beschreiben? Sie neigte sich nicht zurück, nein, sie warf sich in die Brust, das ist der richtige Ausdruck. Sie warf sich in die Brust, im Gegensatz zu anderen Menschen, die, wenn sie spüren, daß sich das unheilvolle Geschick oder das Unglück nähert, den Kopf einziehen und den Schlägen und Verletzungen des Lebens ihren weniger empfindlichen Rücken darbieten. Flora hingegen, die ihre Schultern zurück und ihren Kopf nach hinten warf, hatte anscheinend beschlossen, dem Unglück ins Gesicht zu sehen, und schon wandte sie ihren Kopf im Rhythmus nach links und nach rechts, als wollte sie eine lang andauernde Geste der Verneinung vor ihrer Zukunft machen, dieser Zukunft, die sie doch noch nicht kennen konnte.

Die Schönheit ihres Gesichts mit seinen halbgeschlossenen Augen, seinen herabhängenden Mundwinkeln, seinen bleichen Wangen, die unter ihren blaugrauen, anstatt wie sonst porzellanartig schimmernden Augen eher bleich als weiß waren, würde nutzlos, sogar ihr selbst verhaßt werden. Wir tanzten Walzer, wir flüsterten und wir lachten; Flora wandte immer noch ihren Kopf im Rhythmus hin und her, und jedesmal schien sich dieser seidige, goldene und schwere Vorhang ihres Haares zwischen sie und ihr Leben zu schieben oder vielmehr zu versuchen, vor ihr das Schicksal zu verbergen.

In diesem Augenblick verspürte ich das stärkste, intensivste und durchdringendste Gefühl meines ganzen Lebens; jedenfalls das einzige, das in einer einzigen flehenden Bitte an einen Gott, an den ich nicht glaubte, sowohl meine Intelligenz als auch meinen Körper und mein Herz vereinte. Und meine Moral, meinen Stolz, meinen Mut und meine Verletzlichkeit. Ich fühlte eine brennend heiße Woge, die mich so vollständig, so gebieterisch und so sanft zugleich überflutete, daß ich sogleich durch ihre Sanftheit hindurch ahnte, daß ich sie nie wieder verspüren würde, daß ich diese Woge aus der Tiefe, diesen perfekten Einklang und diese unbekannte Kraft nie wieder verspüren würde. Wie viele gab es von uns an jenem Abend, unter diesen zweihundert bis dreihundert Menschen, die da tanzten, wie viele waren von uns anwesend, die wir dieses Privileg genossen hatten? Denn ich war privilegiert: Ich war ein Privilegierter, was immer mir auch in der folgenden Zeit zustoßen würde, ich war ein Privilegierter, so in dieses Meer des Überflusses geworfen worden zu sein und darin zu ertrinken, dieses Meer, dessen trügerischen Scheingebilden und kümmerlichen Gefühlsaufwallungen ich bereits früher gewagt hatte, einen Namen zu geben, einen Namen, der für mich und jedes andere menschliche Wesen zeitlebens das größte und am wenigsten befriedigte Begehren bezeichnete: die Zärtlichkeit. Ich liebte plötzlich Flora, wie ich niemals einen Menschen geliebt hatte, weil ich sie nicht mehr besitzen wollte. Ich wünschte nicht mehr, daß sie in leidenschaftlicher und eifersüchtiger Liebe zu mir entbrennen würde, noch wollte ich, daß sie mein Leben mit mir teilte. Ich wollte sie nicht mehr so haben, wie ich es mir beinahe zwei Jahre lang gewünscht hatte. Plötzlich war ich nicht mehr Lomont, der Flora de Margelasse wollte, sondern ich war jemand, der wollte, daß ein anderer glücklich werden würde, weiter nichts. Ich wünschte mir, daß Flora glücklich wäre, sei es mit Gildas oder mit einem anderen. Dieses so offene, so sanfte, so verletzliche Gesicht, das Gesicht dieser dreißigjährigen Frau mit ihrer grausamen Vergangenheit, ihrem Mut, ihrer Fröhlichkeit und ihrem guten Herzen, mit ihrer Liebe zur Poesie und ihren etwas vorschnellen Begeisterungsausbrüchen, mit ihren Augen, die manchmal so traurig blickten, wenn sie meine Niedergeschlagenheit bemerkte, diese so gut erzogene und dennoch ehrliche Frau, die so extrem in ihren Gefühlen, aber dennoch so freundlich in Gesellschaft war, dieses Kind, das zur Frau geworden war, das heimlich Gedichte schrieb, die allzu traurig und allzu schmachtend waren, um nicht trotz ihrer Klangfülle ein bißchen langweilig zu sein. Ich betrachtete diese Frau, die ein so unschuldiges, notwendiges und berechtigtes Verlangen danach hatte, glücklich zu sein, ein ebenso großes Verlangen danach, zu lieben wie geliebt zu werden, zu geben wie zu empfangen, diese Frau, die ebensowenig zur Bösartigkeit wie zur Mittelmäßigkeit oder zum Argwohn fähig war, diese Frau hatte alles, all ihren Besitz, ihre ganze Zukunft, all ihre Illusionen, ihre ganze Vergangenheit, ihre ganze Zeit, ihre ganze Zukunft, ihre ganze Ehre und ihr ganzes Leben auf einen jüngeren Bauerndichter gesetzt, auf diesen kindlichen Mann, den sie zunächst heimlich und dann offen geliebt hatte, da sie es ablehnte, ihn von dem Augenblick an, wo sie wußte, daß diese Liebe erwidert wurde, durch die Aufrechterhaltung dieses Stillschweigens zu erniedrigen. Innerlich drückte ich diese sanfte Frau, die zweifellos bald entsetzlich leiden würde, an mein Herz, trocknete schon jetzt alle ihre zukünftigen Tränen, die sie an meiner Schulter vergießen würde, brachte ihre Schluchzer zum Verstummen und teilte durch reinste und absolute Ergebenheit ihren künftigen Schmerz. Kurzum, ich widmete ihr mein Leben, mein Blut und all meine zukünftigen Stunden – und das waren nicht gerade wenige. Im gleichen Moment, in dem ich auf sie verzichtete, schenkte ich mich ihr ganz.

Ich sah Flora nur noch durch eine Art glänzenden Schleier, und was die anderen Tänzer betraf, so konnte ich sie zwar noch sehen, aber sie wirkten seltsam verschwommen. Da meine Sehkraft ausgezeichnet war, war mir dies unverständlich. Ebensowenig konnte ich mir diesen Kloß im Hals und meine weichen Knie erklären. Ich stolperte, kam aus dem Takt, ließ einen Schritt aus, dann noch einen und störte sogar die anderen Walzertänzer, deren Umrisse völlig verschwommen waren und durch ein mir unerklärliches Phänomen farblos wirkten. Es war Flora, die mir den Grund für meine Verwirrung, für dieses Schwindelgefühl nannte, als sie, durch mein trunkenes Stolpern aus ihren Träumen gerissen, aufhörte zu tanzen, in der Mitte des Saales stehenblieb und mich mit einer flehenden, aber sehr leisen Stimme, mit einer erschrockenen Stimme fragte: »Nicolas, was haben Sie? Sie weinen ja . . .!« Und erst jetzt verstand ich den Grund für diese Halbblindheit, die mich heimgesucht hatte, und meine Hand, mit der ich unwillkürlich über meine

Wange fuhr, lieferte mir nur eine weitere überflüssige Bestätigung ihrer Aussage. Ich war sprachlos. Ich rührte mich nicht von der Stelle. Ich blieb bewegungslos stehen, ich, Lomont, dreißig Jahre alt, groß und stark, mit diesen heißen, hervorschießenden Tränen, die sich in mir aufgestaut hatten. Ich wußte noch nicht, daß ich bereits über mein zukünftiges Schicksal weinte, über das meinige und das meiner Freunde, meiner schönen, meiner lustigen, meiner charmanten Freunde, die an jenem Abend anscheinend nur damit beschäftigt waren zu tanzen.

Flora faßte mich wie ein kleines Kind bei der Hand und lotste mich durch die Menge der Walzertanzenden, ohne daß wir allzuviel Schaden nahmen. Von dem Fußtritt eines kleinen Rothaarigen abgesehen, der sich nicht einmal entschuldigte und den ich am Kragen gepackt hätte, wenn ich nicht die Augen voller Tränen und eine triefende Nase gehabt hätte. Bevor ich in der Seele eines unbekannten Rothaarigen Bußfertigkeit und Schrecken auslösen konnte, mußte ich erst weniger dumm aussehen. Draußen stand eine Bank, auf der Flora mich nötigte, Platz zu nehmen, mir die Augen trocknete und meine Hand hielt. Sie betrachtete mich so traurig und so zärtlich, daß dieser tränenreiche Schnupfen – wie ich ihn hartnäckig nannte – doppelt so schlimm wurde und mich zwang, eisern die Zähne zusammenzubeißen. Doch ach, ich fühlte immer noch diese kleinen runden und heißen Tropfen unerbittlich hervorschießen, die sich seit meiner frühesten Kindheit, seit dem letzten Mal, als ich geweint hatte – es war nun mindestens zwanzig Jahre her –, hinter meinen Lidern angesammelt und ungeduldig auf diesen Moment gewartet hatten; diese Tränen, die in ihrer Hast, dem Gefängnis meiner Gefühlskälte und unserer aufgesetzten bürgerlichen Lebensfreude zu entkommen, mir auf ihrer Flucht Schmerzen bereiteten und mir die Wimpern zu versengen schienen. Flora zuliebe zwang ich mich zu einem wirren und wenig überzeugenden Lächeln, wie man es normalerweise für einen läppischen Kummer, und sei es auch der eigene, übrig hat.

»Was haben Sie?« fragte Flora mich. »Was haben Sie, Nicolas? Ich bin Ihre Freundin. Die Vorstellung, Sie könnten unglücklich sein, ängstigt mich.«

»Es sind meine schwachen Nerven ...«, behauptete ich mutig. »Bestimmt.«

Aber ich wurde von einer mit einem Male herrischen Flora unterbrochen.

»Ihre schwachen Nerven? Welche schwachen Nerven? Hören Sie mal, Sie haben doch gar keine. Ich bitte Sie, mich nicht anzulügen. Sie können gerne schweigen, wenn es Ihnen lieber ist, aber glauben Sie nicht, Sie seien dazu verpflichtet, mir so erbärmliche Ausreden zu liefern! Ihre schwachen Nerven ... Ihre schwachen Nerven ...«, fuhr sie fort und blickte dabei amüsiert zum Himmel hoch. »Nicolas Lomont erzählt mir von seinen schwachen Nerven und weint sich dabei die Augen aus dem Kopf! Da könnte man genausogut seinen Glauben an Gott verlieren. Nicolas, hören Sie zu: Neben Gildas sind Sie der Mensch, den ich am meisten auf der Welt liebe. Wenn Sie meinen, mir den Grund Ihres Kummers verschweigen zu müssen, so nehmen Sie wenigstens zur Kenntnis, daß diese Tränen mir weh tun. Und daß alles, was ich habe, Ihnen gehört, meine zärtliche Zuneigung eingeschlossen.«

Und als sie sich plötzlich erhob, beugte sie sich zu mir herunter und küßte mich langsam auf die Lider, die Wangen, die Stirn und die Nase. Sie berührte flüchtig mit ihren Lippen meinen Mund und murmelte: »Sie sehen ganz mitgenommen aus, Maître Lomont. Sie haben mich durstig gemacht, und ich werde Ihnen etwas zu trinken holen. Weinen Sie nicht mehr Ihre Knie naß, Sie bereiten mir zuviel Kummer . . .«

Und ich ließ sie gehen, während ich endlich vor Glück, Zuneigung und Liebe vor mich hin lächelte, glücklich über mein Los, daß diese Frau mich ein bißchen liebte und mich als ihr Kind anerkannt hatte, das sie Nicolas nannte.

Sie kehrte mit einem Glas Bouzy zurück, das ich in einem Zug leerte, wie ein Mann. Wie der Mann, zu dem Nicolas jetzt wieder geworden war und der, anscheinend trotz seiner geröteten Augen und seiner dicken Nase, die durch die Tränen noch angeschwollener aussah, für diese zauberhafte Frau anziehend blieb, da sie mir, liebevoll und sanft, die Maske aufsetzte, die sie für mich aufgetrieben hatte und die an jenem Abend meine dritte war.

Ich hatte die erste in den verlassenen Gängen und die zweite in einem großen Empfangssaal verloren, aber ich hoffte, die dritte würde die letzte sein, die ich benützen müßte. Ich hoffte, daß die Ereignisse nicht ein halbes Dutzend erfordern würden. Es war noch nicht einmal ein Uhr. Ich war um zehn Uhr bei d'Orty angekommen, hatte zehn Walzer getanzt, zwei Spaziergänge in verlassenen Gängen gemacht, eine Frau beim Liebesschrei überrascht und derselben, einer Hure, eine Moralpredigt gehalten. Ich war von einer Woge der Zärtlichkeit überflutet worden und hatte einen Weinkrampf erlitten, all das in drei Stunden und in drei Masken, drei Lomonts. Ich spielte mit dem Gedanken, diese dritte Person ins Bett zu schicken und meine Maske gegen eine Nachtmütze einzutauschen, die ich nicht besaß, aber die ich mir undeutlich anstelle dieser schwarzen Maske wünschte, ebenso wie ich meine heftigen Gefühlswallungen gern gegen einen friedlichen Schlaf eingetauscht hätte. Ich machte mich auf den Weg zum Ausgang, aber zu spät! Das Schicksal griff bereits ein. Das Schicksal hatte sich unter die Tanzenden gemischt oder vielmehr, es war auf dem Ball erschienen. Vor meinen schreckensgeweiteten Augen spielte sich der üble und unheilvolle weitere Verlauf einer Liebesgeschichte ab, die bis dahin glücklich gewesen war. Glücklich jedenfalls für einen der beiden Liebenden, denn Gildas mußte wohl schon gespürt haben, daß all dies nicht anders als auf eine erbärmliche und schreckliche Art würde enden können. Selbst wenn er lachte, mußte Gildas fühlen, wie seine Zähne bei dem Gedanken an seine Verderbtheit, an diese Schandtat, die jedoch so lustvoll war, daß ich ihn noch in jenem Augenblick irgendwie darum beneidete, vor Angst klapperten. Flora ging zu ihm hin, und ich sah, meinen Blick immer noch auf das schöne dunkle Gesicht von Gildas geheftet, wie es sich plötzlich vor unbeschreiblicher Wut verzerrte, was mich veranlaßte, meine Schritte zu beschleunigen und vor Flora bei ihm und dem Anlaß seiner Wut anzukommen. Es war der Rothaarige, der mich kurz zuvor angerempelt hatte. Er hieß Choiseux, trug den Titel eines Marquis und war der Herzog de Chantasse. Er war der hochmütigste und eingebildetste Mann der Saintonge, am meisten in seine hohe Abstammung und seine Adelsprivilegien vernarrt.

»Sie kommen genau im richtigen Augenblick«, sagte er zu Flora und wandte ihr sein spitzes Gesicht zu, das unverhohlene Schadenfreude ausdrückte. »Sie kommen genau richtig, verehrte Cousine – Sie erinnern sich doch, daß wir verwandt sind?«

»Ja«, sagte Flora mit einer Stimme, die erstaunt und gezwungen klang. »Ja, ich weiß. Ihr Großonkel und mein Großvater ... Aber was bedeutet das alles schon?

Warum sind Sie so bleich, Gildas?« fragte sie ihren Geliebten, ohne auf die scharfe Antwort ihres rothaarigen Cousins zu achten, die aus einem Jägerpfiff bestand, einem Pfiff, mit dem man die Hunde zur Meute zurückruft und der, da er in die Pause vor einem erneuten Einsatz der Violinen fiel, die ganze Ballgesellschaft vor Schreck erstarren ließ. Es war ein vulgärer, ordinärer Pfiff, den, meiner Meinung nach, nicht einmal Ludwig XIV. in Anwesenheit von Frauen ausgestoßen hätte.

»Ich sagte zu diesem Bauern, der behauptet, ein Chevalier zu sein«, sagte Henri de Choiseux, »daß ich an seiner Stelle diesen Raum, wo sich Leute des gleichen Standes versammelt haben, verlassen würde. Ich habe mir sagen lassen, verehrte Cousine, daß Sie Umgang mit einem Dichter pflegen, aber ich wußte nicht, daß dieser Dichter Hasen getötet, bei meinen Cousins mit der Sense Getreide gemäht und den Schweinen in ihrem Stall Futter gegeben hatte. Ich finde, für jemanden, der vorgibt, das Herz einer Dame zu besitzen, die aus meiner Familie stammt und von gleichem edlem Blut ist wie ich, ist das zuviel.«

»Sie sind verrückt, Choiseux!« rief d'Orty aus, der schnell herbeigeeilt war und entschlossen zu sein schien, seine Pflichten als Hausherr wahrzunehmen, wie es sich gehörte. »Choiseux, ich fordere Sie auf, Ihre Worte zurückzunehmen oder mein Haus zu verlassen. Gildas ist mein Gast.«

Das darauffolgende Schweigen erlaubte den Anwesenden, sich vorsichtig zu nähern, und es schien, als ob sich unsichtbare Klauen um die beiden Männer legten und ihnen jegliche Versöhnlichkeit unmöglich machten.

»Ich habe nichts dagegen, daß er hier, in diesem Saal, bleibt«, fuhr Choiseux fort, dessen pockennarbiges Gesicht und verbitterter Mund vor Wut scheußlich verzerrt waren. »Aber dann soll er Tabletts tragen oder den Parkettboden kehren. Ich möchte ihn nicht vor meinen Augen tanzen sehen, ganz gleichgültig, mit welcher der hier anwesenden Frauen, deren Väter vielleicht von seinesgleichen zerstückelt worden sind. Sie haben ein schlechtes Gedächtnis, d'Orty. Man muß schon verrückt sein, um die Bauernlümmel nach alldem, was sie unseren Vorfahren angetan haben, zu uns einzuladen ...«

Gildas, der zunächst weiß, dann rot und dann wieder weiß geworden war, trat mit einem kalten Lächeln einen kleinen Schritt vor und sagte mit klarer Stimme: »Ich habe Getreide gemäht, das stimmt, Monsieur Taugenichts, und es wird mir ein Vergnügen sein, mich mit Ihnen mit der Sense, dem Säbel oder mit jeder anderen Waffe, die Sie wünschen, zu schlagen. Wann immer Sie wollen.«

»Ich schlage mich nur mit Angehörigen meines Standes ...«, begann Choiseux, aber er erhielt von Gildas eine so heftige Ohrfeige, daß er taumelte.

Sein Bruder, den man zum Spott den »Kleinen Choiseux« nannte und der ebenso dumm wie sein Bruder aufbrausend war, stürzte sich daraufhin auf Gildas. Eine Sekunde lang waren es nur drei Lastträger, die vor den Frauen herumtobten, dann, als ich dem Bruder des Beleidigers einen kräftigen Fußtritt versetzte, waren es vier. Eine Frau stieß einen schrillen Schrei aus, und ohne mich umzudrehen, wußte ich, daß es Artémise war, die da in Ohnmacht fiel oder so tat, als ob, was alle beruhigte oder, genauer gesagt, in Aufregung versetzte, aber zur Besinnung brachte.

D'Orty lief von einem zum anderen, von mir zu Norbert de Choiseux, von Gildas zu Henri, dem Marquis, und da sich beide Seiten beleidigt fühlten, wurde, wie mir schien, innerhalb von fünf Minuten beschlossen, daß wir uns am folgenden Tag bei Morgengrauen mit Degen oder Pistole schlagen würden. Die Wahl der Waffen lag bei unseren Gegnern. Ich verheimliche nicht, daß ich mich in jenem Augenblick verzagt fühlte, da ich noch nie den Degen gezogen hatte – außer gegen die Ratten auf meinem Speicher – und mit der Pistole nicht besser umgehen konnte als mit einem Fächer. Die Violinen setzten wieder ein, und alle begannen mit allzu lautem Gelächter oder flüsternd Walzer zu tanzen. Die Soirée schien für mich, der ich auf den Morgen wartete, der meinem Leben ein Ende setzen sollte, beendet zu sein.

Dennoch hatte d'Orty recht gehabt: Sein Ball war der schönste der Saison, und er würde derjenige sein, über den man am meisten und die längste Zeit sprechen würde, dessen Ruhm sogar bis in die Hauptstadt dringen würde. Es war nun kurz nach halb zwei. Ich fügte dieses Duell meiner Serie von Extravaganzen hinzu und tanzte mit Artémise Walzer, die äußerst erregt war und sich an meinen Körper, an meinen armen, bedrohten Körper preßte, mit einer Leidenschaft, die mich zehn Jahre zuvor überglücklich gemacht hätte und die mich nun an jenem Abend kaltließ.

Henri de Choiseux verbrachte jeweils die Hälfte seiner Zeit in Paris und in Cognac, wo seine Ländereien lagen. In Paris häuften sich seine Mißerfolge bei berühmten Frauen; aber diese Mißerfolge verwandelten sich in seinen Erzählungen gleich bei seiner Rückkehr in die Provinz in Erfolge. Hinzugefügt sei auch noch, daß er nicht nur gallig, sondern auch von einer Krankheit gezeichnet war, die den Nerven nur wenig Ruhe gönnt und das geistige Gleichgewicht ihrer Opfer stört. Nachdem er seine Pflicht, oder vielmehr das, was er dafür hielt, erfüllt hatte, und er sich nun ebenso für den Helden des Abends wie für den Herold des Adels hielt, zwang sich Henri de Choiseux, während der folgenden Stunde auf die Pauke zu hauen und den Spaßmacher zu mimen. Man hörte sein gezwungenes Lachen und seine heftig erregte Stimme derart deutlich aus allen Ecken des großen Salons, daß ich ganz ängstlich wurde, wenn man ihn nicht mehr hörte. O ja, ich fühlte mich seltsam ruhig, wenn ich diesen dummen Esel nicht mehr seine Adelsprädikate hinausposaunen hörte, diesen Esel, dem ich durch meine Dummheit bald zum Opfer fallen würde. Dann sah ich Choiseux mit einer Unbekannten die Tanzfläche betreten. Es gab noch ungefähr zwanzig Personen, die ihre Masken nicht abgenommen hatten, und Choiseux tanzte mit einer von ihnen. Eine Frau in einem schwarz-goldenen Kleid, die ich auf dieser Soirée noch nicht gesehen hatte. Soweit ich es durch die dunklen Schleier meiner düsteren Gedanken erkennen konnte, tanzte sie anscheinend wunderbar. Gildas und Flora standen abseits, sprachen sehr leise und erregt miteinander. Flora war kreidebleich; sogar aus ihren Lippen war alle Farbe gewichen. Sie betrachtete Gildas, seine Gesichtszüge, seinen Körper, seine Hände mit den gierigen Blicken einer Geliebten, der man ihren Liebhaber mit einem Degenstoß oder einer Pistolenkugel entreißen will. Aber ich, der wußte, daß Gildas nach zweijährigem Unterricht in Paris ein sehr guter Fechter und Schütze geworden war, ich muß zugeben, daß ich mich nur um meine eigene Person sorgte. Als einziger übrigens, mit Ausnahme von Flora und vielleicht Artémise, deren zärtliche Anwandlungen zehn Jahre zu spät kamen.

Henri de Choiseux schien von seiner Tanzpartnerin hingerissen zu sein. Er war nicht der einzige, denn in dem Augenblick, als er diese Mazurka beendet hatte, sah ich drei Männer auf sie zueilen und beinahe miteinander zusammenstoßen, ohne ein Wort der Entschuldigung zu verlieren. Der eine war d'Orty, der, nachdem er als guter

Hausherr als erster seine Maske abgelegt und überall seine roten Wangen und sein dummes Gesicht hatte sehen lassen, nun jetzt bleich und düster, fast gequält aussah. Der zweite unter den Tanzpartnern oder vielmehr den Bewerbern um diese Ehre war Honoré, unser Präfekt höchstpersönlich, der den ganzen Abend lang ein unnatürlich verkrampftes Gesicht gemacht hatte, das er besser maskiert gelassen hätte. Und der dritte, der soeben den ganzen Raum durchquert hatte und fast gleichzeitig mit d'Orty angekommen war, war kein anderer als Gildas.

Ihre schwarzen Haare, die man unter einem kostbaren Geschmeide kaum sehen konnte, ihr schwarzglänzendes Kleid, in dem sie vornehm, edel und beunruhigend zugleich aussah, die vollen Lippen und der bitter verzogene Mund, den die Maske freiließ, die Kopfhaltung, die Hände, die schmale und zugleich kräftige Taille, die man unter dem Tüll und dem Satin erahnte, das kehlige Lachen und das Blitzen der Augen hinter den Sehschlitzen der Maske, all das ergab eine Erscheinung, die einen gewöhnlichen Mann faszinierte und mich erschreckte, denn in dem Augenblick, als sie in meine Richtung blickte, erkannte ich Marthe höchstpersönlich, Marthe, auf die ich unwillkürlich zusteuerte, Marthe, der mich d'Orty als seinen vortrefflichen Freund Nicolas Lomont vorstellte und die er in aller Seelenruhe als die Herzogin de Mougier titulierte, um eine gegenseitige Vorstellung zu ermöglichen. Ich begriff, daß ich unwillkürlich herbeigeeilt war, um sie aus der Nähe zu sehen, so wie man herbeieilt, um einen gefährlichen Tiger zu betrachten, nachdem er in den Käfig gesteckt worden ist.

Ich war derjenige, dem Marthe, die »Herzogin de Mougier«, Kammerzofe von Flora, Geliebte von Gildas und Hure der ganzen Dienerschaft, ich war also derjenige, dem sie diesen Tanz gewährte. Mit einer anmutigen und schwungvollen Bewegung, die mich ebenso bestürzte wie ihre anderen Verehrer, legte sie ihre behandschuhten Hände auf meinen Unterarm. Ich sah, wie Henri de Choiseux sich anschickte vorzutreten, aber da er sich sicherlich daran erinnerte, meinen Kopf durch das am folgenden Tag stattfindende Duell so gut wie sicher zu haben, mußte er sich wohl eingestehen, daß er nichts weiter tun konnte. Diese drei Männer, die zwischen Marthe und der Tanzfläche standen, traten gemeinsam zur Seite, um uns den Weg freizugeben. In ihrem Zurückweichen lag etwas Feierliches, Steifes, Wütendes und Enttäuschtes, das die allgemeine Aufmerksamkeit auf sie lenkte. Ich begann mit Marthe zu tanzen, zunächst wortlos, verdutzt und erstaunt, aber vollkommen gegen meinen Willen empfänglich für die aufreizende Nähe dieses Körpers, der aus Eisen, Seide und sinnlichem Fleisch gemacht zu sein schien.

»Und was nun?« sagte sie nur mit einer Stimme, die kaum fragend klang. »Und was nun?«

»Sie haben hier gerade noch gefehlt«, antwortete ich, und sie brach in Lachen aus.

Sie brach in das lustigste, kindlichste, unschuldigste und ansteckendste Lachen aus, das ich je in meinem Leben gehört hatte. In ein Lachen, das das Lachen verkörperte, ebenso wie ihr Schrei zuvor der Ausdruck der Liebe schlechthin gewesen war, ein Lachen, das mich schließlich erfaßte und uns mit vergnügtem, aber immer noch hinter einer Maske verborgenem Gesicht in den Nachbarsalon trieb, wo uns ein bequemer Lehnsessel aufnahm. Noch heute weiß ich weder, woher dieses Lachen kam, noch, warum ich lachte, ob ich über das Leben lachte, ob es ein Lachen der Verzweiflung war oder ein albernes Schülerlachen, ob ein boshaftes Lachen oder ein nervöses Lachen, oder ob der Brustton der Überzeugung, in dem ich diesen harmlosen Satz »Sie haben hier gerade noch gefehlt« ausgesprochen hatte, wirklich so außergewöhnlich komisch gewesen war.

Bald würde es zwei Uhr schlagen, und wir würden alle die Masken abnehmen müssen. Das war für mich, dessen Gesicht durch all die Tränen des Kummers oder der Heiterkeit schrecklich aufgeschwollen aussehen mußte und obendrein grüne und blaue Prellungen aufwies, eine wenig angenehme Verpflichtung, ebenso wie für Marthe, die sich gezwungen sehen würde, die Flucht zu ergreifen. Ich stellte mir einen Augenblick lang den Gesichtsausdruck von Choiseux vor, wenn er erkennen müßte, daß er einer Kammerzofe den Hof gemacht hatte, und schüttelte mich wieder vor Lachen. Ich erklärte Marthe zu ihrer größten Erheiterung den Grund meiner nicht zu unterdrückenden Fröhlichkeit. Flora, die vorüberging, sah uns und lächelte, und Gildas, bei dem sie sich untergehakt hatte, wandte uns das Gesicht eines Gefolterten zu, aschgrau, abweisend, mißtrauisch, verraten, getäuscht, trügerisch, erschöpft. Aber diesem erneuten Heiterkeitsausbruch setzte die Erinnerung an das, was mich bei Morgengrauen erwartete, schnell ein Ende. Marthe befragte mich, wieso ich ein so langes Gesicht mache, und mir wurde klar, daß unsere falsche Herzogin nichts wußte, da sie gerade erst das Fest betreten hatte.

»Damit alles seine Ordnung hat, werde ich mich töten lassen ...«, murmelte ich und beschloß damit die Erzählung des Zwischenfalls. »Ich kann mit einem Bleistift, einem Pferd und einer Feder umgehen, aber in keiner Weise mit einem Degen. Was die Pistole betrifft: Ich glaube, ich habe einmal eine Drossel getötet, als ich auf ein Wildschwein zielte.«

Ich fühlte mich an der Seite dieser Kammerzofe mit ihren unerbittlichen, grausamen Forderungen seltsam unbeschwert. Ihre Verwegenheit, auf diesem Ball zu erscheinen, sich als Herzogin anreden zu lassen, und ihr Wagemut, die Mächtigen der Region zu mißhandeln, schien mir plötzlich ein Sieg der Kühnheit über die Überheblichkeit zu sein. Ich muß zugeben, ich empfand eine Art undeutliche Bewunderung für diese Nutte, die sich zwei Diener, ein Präfekt, zwei Landjunker und ein Bauerndichter teilten. Sie mußte dies an meinem Blick erkennen, denn während sie eine Frage beantwortete, die ich ihr nicht gestellt hatte, schienen ihre grauen Augen hinter der Maske feucht zu werden.

»Ich mag Sie auch ganz gern, Lomont. Ich habe immer die großen und starken Männer gemocht, die sentimental und ungeschickt sind und die zugleich die Notare der Reichen und die Freunde der Armen sind. Sie scheinen ein bißchen weniger bösartig zu sein als die anderen oder ein bißchen weniger eingebildet. Vielleicht, weil Sie ein Bürgerlicher sind.«

»Ich bin zwar ein Bürgerlicher, aber das wird mich morgen nicht davon abhalten zu töten, ganz wie ein edler Prinz«, sagte ich verstimmt.

»Welcher von beiden ist Ihr Gegner? Der dicke Norbert? Er ist sicher ein guter Schütze. Er ist impotent. Solche Leute sind sehr grausam. Wenn sie das eine nicht betreiben können, dann wollen sie woanders glänzen. Dieses Schwein wird sich sicher auf Waffen verlegt haben.«

»Impotent?« fragte ich unwillkürlich und war sogleich über meine Neugierde beschämt.

Ich erhob mich, da mir plötzlich klar wurde, daß mit ihr zu sprechen, mich mit ihr zu unterhalten und zu lachen soviel bedeutete, wie bei ihren Betrügereien mitzumachen, ihre Komödie mitzuspielen, bei dem mitzuwirken, was für Flora zu einem Drama werden würde. Als sie sah, daß ich die Flucht ergreifen wollte, lächelte sie mich an und sagte zu mir: »Norbert wird vor Ihnen sterben«, als ob sie mir einen kleinen Schokoladenkuchen nach der Sonntagsmesse verspreche. Ich kehrte in den Ballsaal zurück und sah dort, daß dieser Zwischenfall die Gäste nicht düster gestimmt, sondern sie im Gegenteil eigentlich erst munter gemacht hatte. D'Orty war wirklich ein bewundernswerter Gastgeber. Bei ihm gab es berauschende Weine, ein köstliches Essen, gute Musik, schöne, unbekannte Frauen und zu guter Letzt sogar ein Konversationsthema, das tausend Feuerwerke mehr als aufwog. Denn anscheinend forderte dieses Duell zu Diskussionen heraus. Manche Männer stellten sich auf Choiseux' Seite, andere hießen Gildas' Verhalten gut, und mit letzterem sympathisierten geschlossen alle Frauen. Was mich betraf, so stellte ich fest, daß man mir bereits nachtrauerte. Meine gesamte Klientel drückte mir schweigend mit feuchten Augen die Hand, lobte, einige wirre Worte murmelnd, meine Fähigkeiten als Paragraphenreiter, und abgesehen von einigen Zynikern oder Geizhälsen, die die Stirn hatten, mich zu fragen, ob ich ihre Aufträge an der Börse ordnungsgemäß ausgeführt hätte, stellte ich entzückt fest, daß man nicht leichten Herzens auf meine Dienste verzichten würde. Es gab kaum einen, der sich wie der Marquis de Doillac offen nach einer Wiese erkundigte, die ich für ihn in letzter Zeit hätte kaufen sollen. Ich antwortete ihm verstimmt, daß in dieser Sache noch nichts geschehen sei, aber daß ich damit berechne, mich ab übermorgen um diesen Kauf zu kümmern. Als Antwort nickte er zögernd mit einem pessimistischen Gesichtsausdruck, was mich veranlaßte hinzuzufügen, daß, wenn er damit rechne, mich sofort auf dem Pferd losreiten zu sehen, um seine Wiese zu kaufen, er sich gewaltig irre; für einige Morgen Gras würde ich die Nacht vor einem Duell nicht schlaflos zubringen. Offen gesagt, das war der Tag, an dem ich ihn als Klienten verlor.

D'Orty dagegen verhielt sich korrekt. Er schien bestürzt zu sein, da er über meine Fähigkeiten als Fechter oder Pistolenschütze Bescheid wußte. Er suchte den jüngeren Choiseux auf und kehrte bedrückt zurück. Dieser junge Mann, ein vortrefflicher Schütze, hatte die Pistole gewählt und war offensichtlich genügend ehrlos, einem Mann nach dem Leben zu trachten, der nicht dazu imstande war, ihm seines zu rauben. Kurz zuvor war Gildas zu ihnen gegangen, um vorzuschlagen, er werde sich, wenn ihm noch die Möglichkeit dazu bliebe, nacheinander mit beiden Brüdern schlagen. Auch dieser Vorschlag war zurückgewiesen worden. Diese Leute wollten mein unschuldiges Blut fließen sehen, Blut, das, da es nicht blau war, vergossen werden konnte, ohne daß dadurch Schaden entstand. Wenn d'Orty tief betrübt war, so war ich es nicht minder. Aber ich war nicht verängstigt, denn, um ehrlich zu sein, die Vorstellung, daß ich sterben könnte, gedankenlos von einem Mann getötet, der mir am Tag zuvor noch fast vollkommen unbekannt gewesen war, und dies alles wegen einer Frau, die reizend war, aber die ich nicht einmal berührt hatte, die Vorstellung erschien mir so absurd, daß ich darüber nur einen undeutlichen Abscheu empfand, eine Art Überdruß, der mir bei jener Ballgesellschaft den Ruf der Heldenhaftigkeit eintrug. Ich hörte, wie man meine Unbesonnenheit und meine Verrücktheit mit mehr Überzeugung lobte, als dies meiner Paragraphenreiter-Klugheit und meinem Verstand während der letzten zehn Jahre widerfahren war. Artémise ging sogar so weit, sich völlig aufgelöst in meine Arme zu werfen und demonstrativ heiße Tränen auf mein Vorhemd und über unsere Liebeständeleien zu vergießen, die sie im übrigen damals nicht hatte Realität werden lassen.

Einige der Damen aus der Charente, die sich mir gegenüber aufgeschlossener gezeigt hatten und auf die meine Diskretion nach unserem körperlichen Beisammensein eine ebenso große Anziehungskraft ausgeübt hatte wie meine feurige Leidenschaftlichkeit, nahmen mich auf die Seite und versicherten mich ihrer zärtlichen Liebe, ihres guten Angedenkens und ihrer besonderen Wertschätzung, die ich ab übermorgen genießen würde. So war es schließlich ein Gespenst, das den Raum verließ und noch einmal treppauf, treppab durch die Gänge irrte, die mittlerweile selbst gespenstisch aussahen. Gildas und Flora warteten auf mich, ich wußte es, aber plötzlich verspürte ich keine Lust mehr, ihnen gegenüberzutreten. Ich suchte mein Bett auf, und ich versank sogleich in die Arme meiner willigsten Geliebten, der Bewußtlosigkeit. Das letzte Bild, das ich bei geschlossenen Lidern vorüberziehen sah, war das von Marthe, die Walzer tanzte und weiter Zwietracht zwischen ihre Verehrer säte.

Als ich wieder erwachte, trug ich ein weißes, halboffenes Hemd und blickte in die schwarze Mündung einer Pistole, die Norbert de Choiseux am anderen Ende des Feldes auf mein Herz richtete. Ich bin immer schon langsam und mühsam wach geworden, und ich habe mich immer schon, während ich mich zwischen meinem Waschraum und meinem Zimmer hin- und herschleppte, eine volle Stunde lang wie ein Invertebrat gefühlt. Zu einem denkenden menschlichen Wesen wurde ich erst wieder in meinem Büro. So auch an jenem Morgen, und obwohl jene helle und frische Morgendämmerung den Auftakt zu einem Drama darstellte, schlotterte ich vor Kälte und fragte mich verstimmt, warum ich eigentlich da sei. Ich fühlte mich allein, ich hatte keine Freunde mehr. Wie gesagt, ich erlangte mein Bewußtsein mit einem Schlag wieder, in der allerletzten Minute. Ich öffnete die Augen, sah plötzlich dieses Feld, dieses vom Wind bewegte Gras, dieses hügelige Land, diesen Erdboden, meinen Erdboden, diesen Himmel, meinen Himmel, und diese Hand, meine Hand, die einen schweren und kalten fremden Gegenstand hielt, eine geladene Pistole, die mich allein durch ihr Gewicht und ihre Kälte in Schrecken versetzte. Wir waren die ersten, die sich schlagen sollten, und ein bißchen weiter entfernt sah ich Gildas, der den

Blick gesenkt hielt und ebenfalls ein weißes Hemd trug. Und es schien mir, als erblickte ich, wie bereits kurz zuvor, in einer Türöffnung Floras verstörtes und vom Weinen verquollenes Gesicht. »Aber dieser Hund wird mich töten!« dachte ich plötzlich. Und ich fühlte, wie sich alle meine Muskeln anspannten, mehr vor Wut als vor Angst.

»Messieurs, sind Sie bereit?« sagte die Stimme eines Unbekannten, der sich in die Brust warf. Er hatte es gut, er trug einen Zylinder, war warm angezogen und stand ein paar Schritte von uns entfernt. Übrigens eine ziemliche Tollkühnheit seinerseits, denn, ich sagte es bereits, obwohl ich auf Choiseux zielte, war es sehr gut möglich, daß ich den Kopf, gleichgültig welches Sekundanten, durchlöcherte. Ich warf einen Blick auf diesen Mann, der es so eilig damit hatte, mich tot zu sehen, und blickte dann flüchtig auf die andere Seite, wo ich, hinter der Hecke, die die Wiese begrenzte, rechterhand von Norbert etwas Rotes erblickte, das die Sträucher auseinanderbog. Ich dachte, es sei ein junger Stallbursche, den die verlockende Aussicht angezogen hatte, mitzuerleben, wie diese beiden Hohlköpfe von Herren sich gegenseitig umbrachten, aber der junge Mann hielt mit der rechten Hand einen Gegenstand hoch, den die ersten Strahlen des Tagesgestirns sogleich erfaßten; gleichsam, als ob die Sonne abgewartet hätte, bis genau diese und keine andere Pistole auf ihr Opfer gerichtet war, um dann hinter den Wolken hervorzubrechen und die Morgendämmerung zu erhellen.

»Bei drei schießen Sie, Messieurs. Ich zähle . . .«

Und Norbert de Choiseux, der breitbeinig, dick und schwer vor mir aufgepflanzt stand, wirkte plötzlich geschmeidig, als er, beseelt von dem heftigen Wunsch, mich zu töten, seinen Körper anspannte. Den Arm nach vorn ausgestreckt, begann er auf mich zu zielen. Und fast nur deswegen, um nicht lächerlich zu erscheinen, wie ich wartend mit hängenden Armen dastand, hob ich nun meinerseits die Pistole und zielte ungefähr in seine Richtung. »Zwei«, sagte die Stimme. Und da mir bewußt wurde, daß mein Finger nicht auf dem Abzug, sondern auf dem Abzugsbügel lag, zog ich ihn schnell nach innen. Ich spürte den Abzug so nahe an meinem Zeigefinger, daß ich vor Entsetzen unwillkürlich einen Schritt zurücktrat. In jenem Augenblick begriff ich, daß ich niemals absichtlich einen Menschen wurde töten können. Da hörte ich zu meiner Linken von der Stelle her, wo ich das rote Schultertuch erblickt hatte, ein seltsames Geräusch, das wie ein Miauen klang. Es war so leise, daß nur Norbert und ich es vernehmen konnten, und es wisperte: »Norbert ... Norbert ...« Die Stimme hatte einen bestimmten Klang, der mir wie ein bereits gehörtes Echo vorkam, der mich aber weniger verwirrte als Choiseux, welcher hastig wie ein aufgeschreckter Vogel seinen Kopf zur Seite wandte und in Richtung der Stimme blickte, wobei sich, wie mir schien, alle Muskeln seines Körpers entspannten und er mich vergaß. Und ich sah, wie sich ein Lächeln, das Verzückung, Überraschung und Glück ausdrückte, auf diesem grausamen Gesicht ausbreitete. Dann sagte die Stimme: »Drei!« Und ich schoß, mit geschlossenen Augen, um wenigstens etwas zu tun, bevor ich tot war, selbst wenn es vergeblich war. Das Blut pochte mir in den Schläfen, und ich verspürte aus einem seltsamen und ununterdrückbaren Ekelgefühl heraus Übelkeit, als ich die Augen öffnete und Norbert de Choiseux ausgestreckt auf der Erde liegen sah. Als ich einige Schritte näher kam, sah ich, daß ihn eine Kugel zwischen die Augen getroffen hatte, so wie es sich für ein Duell zwischen Leuten, die wissen, was schicklich ist, gehört. Der rote Fleck hinter der Hecke war verschwunden, und statt dessen breitete sich ein ebenso roter Fleck im Gras aus. Man betrachtete mich verdutzt, ja sogar bewundernd, was meinen Ekel nur verdoppelte und mich zwang, das Frühstück, das ich eine Stunde zuvor im Halbschlaf eingenommen hatte, vor einem Baum von mir zu geben. Marthe hatte ihr Versprechen gehalten.

Die Choiseux stammten aus einem alten Adelsgeschlecht. Ihre Sitten waren rauh, aber ihr Familiensinn war stark ausgeprägt. Und Henri, der Ältere, der seinen jüngeren Bruder leichtfertig dazu angestiftet hatte, einen Mord zu begehen, war zutiefst darüber erschüttert, ihn in den Tod geschickt zu haben. Er warf sich über den Körper seines Bruders und rief auf so herzzerreißende Art seinen Namen, daß mir die Tränen in die Augen stiegen und ich sogar versucht hätte, ihn zu trösten, wenn mich nicht jemand mit strenger Miene auf die Unschicklichkeit eines solchen Verhaltens hingewiesen hätte. Gildas war bleich. Er warf mir überraschte, beunruhigte und verunsicherte Blicke zu. Der arme Junge war zweifellos mehr darauf gefaßt gewesen, mich zu rächen, als das Schluchzen meiner Opfer zu hören. Schließlich beruhigte sich Choiseux, nahm seine Pistole und jagte Gildas, ohne ihn überhaupt nur anzusehen, eine Kugel in den Arm, während er gleichzeitig eine in den Schenkel erhielt, die bewirkte, daß er sich einmal um sich selbst drehte und zu Boden fiel, wo er – ein furchtbarer Anblick – zu dem Körper seines Bruders kroch, um zu verhindern, daß man diesen fortschaffte, während er gleichzeitig damit fortfuhr, den Namen seines Bruders zu rufen, als ob das Duell mit Gildas nur eine unnütze Ablenkung von seinem Kummer gewesen wäre. Ich zitterte, wir zitterten alle. Diese blaßgrüne Wiese, diese beiden Männer im weißen Hemd, die eng miteinander verschlungen und jeweils von dem Blut des anderen besudelt dalagen, diese beiden Brüder, von denen nur der eine darüber klagen konnte, den anderen verloren zu haben, dieses ganze jämmerliche Leben eines Menschen, dem durch eine Ladung Blei sowie falsche und einfältige Vorstellungen von Herkunft, Ehre und Stolz ein schnelles Ende bereitet worden war, all dies war erbärmlich. Und sogar die Sekundanten spürten es, denn derjenige, der das Kommando zum Schießen gegeben hatte, warf seinen Hut auf den Boden und erklärte, daß es das letzte Mal in seinem Leben gewesen sei, daß er die Leitung eines »solchen Affentheaters«, wie er voller Abscheu sagte, übernommen habe. Unter dem plötzlich goldenen Himmel sah er in seinem Gehrock lächerlich und albern aus.

Denn es war inzwischen acht Uhr geworden. Diese groteske Barbarei hatte uns genau eineinviertel Stunden Zeit gekostet. Zum allerersten Mal in meinem Leben war ich stolz darauf, kein Edelmann zu sein und folglich nicht einem einfältigen und blutigen Ehrenkodex folgen zu müssen. Kurze Zeit später befand ich mich in den Gemächern von Gildas und Flora, die sich mit vor Schlaflosigkeit geröteten Augen eifrig um ihren Verletzten kümmerte, hin- und hergerissen zwischen Erleichterung und Entsetzen über die Ereignisse der vergangenen Nacht, zwischen Besorgnis um ihren Gildas und Freude über die Tatsache, daß die Kugel ihm durch den Arm und nicht durch den Kopf gegangen war. Sie umarmte mich leidenschaftlich, ohne die gleiche Überraschung wie alle anderen Bewohner des Schlosses an den Tag zu legen, die mich nun alle ungläubig anstarrten. Und nachdem sie mich auf die Seite genommen hatte, sagte Flora nervös lachend zu mir:

»Mein Gott! Was für eine Erleichterung, euch alle beide lebendig wiederzusehen ... Diese Nacht war entsetzlich! Wo waren Sie, als wir wieder zum Ball hinuntergegangen sind? Denn dieses Kind...«, sagte sie und zeigte auf Gildas, der ausgestreckt auf seinem Schmerzenslager ruhte, »stellen Sie sich vor, dieses Kind wollte wieder zurückgehen, um zu tanzen, am Abend vor dem Duell.« Sie lachte wie eine Mutter über die Dummheiten ihres Sprößlings. »Es stimmt, ich versichere es Ihnen. Nicht wahr?« fügte sie hinzu und blickte dabei ihren Geliebten an, der die Augen zusammenkniff, ohne den Kopf zu bewegen. »Er hat sogar mit dieser schönen Unbekannten, dieser Herzogin de Mougier, getanzt, von der ich noch nie zuvor gehört hatte.«

»Das ist bestimmt eine von d'Ortys Huren, die er für den Ball zurechtgemacht hatte«, sagte de Doillac, den der Zufall oder der Wunsch, nochmals mit mir über seine Wiese zu sprechen, herbeigeführt hatte. »Das sähe unserem Gastgeber ähnlich!«

»Ganz sicher nicht«, bemerkte Flora in ihrer spontanen Großmütigkeit, die nicht einmal durch ihre Eifersucht gemindert wurde. »Bestimmt nicht. Diese Frau hat nichts Vulgäres an sich gehabt, selbst wenn sie sich den Männern gegenüber etwas unbesonnen verhalten hat. Ich wäre trotzdem neugierig darauf, sie wiederzusehen.«

»Sie ist vor Tagesanbruch abgereist, Madame«, sagte eine gedämpfte Stimme.

Da erkannte ich Marthe in ihrem üblichen schwarzen Kittel, wie immer mit Haarknoten und strenger Miene, die dem Arzt half, Gildas zu verbinden. Bestürzt, dankbar, erschrocken, ich weiß nicht wie, schaute ich sie an, aber sie hob nicht den Blick.

»Die Unbekannte ist abgereist, als andere wiedergekehrt sind«, sagte Flora lachend und schaute Marthe liebevoll an. »Der Tanzabend im Dorf muß so lustig gewesen sein, daß einige andere auch nicht früher zurückgekommen sind«, sagte sie ohne den leisesten Vorwurf. »Übrigens«, wandte sie sich an Marthe, »Sie hätten mir in keiner Weise helfen können. Ich habe die ganze Nacht und den Vormittag in diesem Kleid verbracht, das ich nun mein ganzes Leben lang hassen werde.« Sie wies auf das blaue Tüllkleid, das ihr am Vorabend noch so gefallen hatte.

Und da Marthe immer noch keine Antwort gab, fügte Flora, während sie durch einen liebevollen Blick meine Aufmerksamkeit auf Marthe lenkte, zu meinem besseren Verständnis hinzu:

»Man muß sagen, Rot steht ihr entzückend. Ich hatte ihr gestern mein großes Schultertuch aus Indien geliehen, das ihren Erfolg bei den Verehrern aus dem Dorf wahrscheinlich noch durchschlagender gemacht hat.«

Sie verstummte, denn d'Orty trat ein, mit ernster Miene, ohne im geringsten darüber erleichtert zu wirken, seinen Notar und seinen Freund Gildas noch am Leben zu sehen.

»Es wird Nachforschungen geben«, sagte er. »Es hat einen Todesfall gegeben. Es wird notwendig sein, sich für eine Darstellungsweise der Ereignisse zu entscheiden und daran festzuhalten. Ich denke, es ist Ihnen bekannt, daß es für Edelmänner genau wie für alle anderen verboten ist, sich zu duellieren. Und Choiseux hat einen Onkel in der Chambre de Paris.«

»Also«, protestierte ich, »Honoré ist doch da und kann seine Darstellung der Ereignisse abgeben. Zum Teufel auch, Honoré ist Präfekt, keiner würde an seiner Aufrichtigkeit zweifeln. Und Choiseux ist trotz allem nicht der Mann, der sich über ein Duell beklagt, das er selbst gewollt und verlangt hat.«

»Choiseux klagt über nichts«, sagte d'Orty, »außer über den Tod seines Bruders. Da fällt mir gerade ein, Lomont, Choiseux hat mir aufgetragen, Ihnen auszurichten, er habe gesehen, daß Sie die Augen zugemacht haben, bevor Sie geschossen haben, und er trage Ihnen nichts nach. Man hat die Kugel seines Bruders im Stamm eines Baumes gefunden. Er muß im Fallen geschossen haben, und Sie haben nicht vor dem Kommando geschossen. Nein, Choiseux wird nichts sagen oder nur das, was man von ihm verlangt. Und was Honoré betrifft, er wird auch nichts sagen. Unser Präfekt hat sich heute früh in der Scheune erhängt. Man hat ihn soeben gefunden.«

Daraufhin herrschte einen Augenblick lang ein so tiefes und scheinbar endloses Schweigen, daß ich aufatmete, als Flora einen leisen Schrei ausstieß, schwankte, taumelnd zu Boden fiel und dort ohnmächtig liegenblieb, wohingegen Gildas sich aufrichtete und d'Orty der Menge, die nach und nach in die Gemächer strömte, die Einzelheiten der Auffindung der Leiche darlegte. Alle versicherten sich gegenseitig, Honoré noch sehr spät am Vorabend gesehen zu haben, und einer behauptete sogar, ihn gesehen zu haben, wie er den letzten Walzer mit dieser so verführerischen Unbekannten getanzt habe. Nachdem ich Marthe mit einem Zeichen aufgefordert hatte, mir zu folgen, verließ ich den Raum und trat auf den Gang hinaus. Sie kam herbei und schaute mich an. Ihr Gesichtsausdruck war immer noch der einer tadellosen und musterhaft ergebenen Kammerzofe, aber im Halbdunkel des Ganges funkelten ihre grauen Augen vor Freude wie die eines Teufels.

»Na, wie geht's«, fragte sie mit leiser Stimme, »froh darüber, am Leben zu sein, Maître Lomont?«

»Ja«, antwortete ich spontan. »Ich danke dir. Aber sag mir . . . eine Frage . . . eine einzige: Norbert de Choiseux, ich habe ihn gesehen, wie er tot dalag. Er lächelte, er war glücklich, er ist glücklich gestorben. Hattest du mir nicht gesagt, er sei impotent?«

Ich empfand Scham darüber, in einem solchen Augenblick diese Frage zu stellen, Scham, weil ich nicht an Artémise und Honoré, an die Toten und die Lebenden dachte, aber diese bohrende Frage ging mir seit dem Morgengrauen nicht mehr aus dem Sinn.

»Nun, was ist«, fragte ich. »War er impotent?«

Marthe musterte mich aufmerksam. Auf ihren Zügen breitete sich so etwas wie Liebenswürdigkeit aus und erhellte ihr Gesicht, als sie mir lächelnd antwortete:

»Ja, er war es seit frühester Jugend.«

»Und weiter ...? Nun, wenn dem so war, warum hat er dich dann so angeschaut?«

»Warum? Ganz einfach, bei mir war er es nicht«, sagte sie, und ihre Stimme klang weder stolz noch bedauernd.

Aus tausend Gründen, die ich hier nicht einzeln anführen werde, denn ich fühle mich auf einmal vom Alter, vom Kummer und auch von Gewissensbissen überwältigt, weil mir die Erzählung dieser Geschichte Freude bereitet hat, aus tausend Gründen also wurde innerhalb kürzester Zeit die Hochzeit zwischen Flora und Gildas beschlossen. Man beerdigte Honoré. Man tröstete – allzu leicht, allzu schnell – Artémise. Dann fand die Hochzeit statt. Die Trauung wurde in der evangelischen Kirche von Boutteville vorgenommen, da Flora durch ihre vorherige Hochzeit Protestantin geworden war und Gildas Atheist, Katholik oder, wie die meisten Bauern, nicht sehr gläubig war. Ich fungierte als ihr Trauzeuge. Man kam zu der Frage, die in diesem Land ein Bestandteil der Trauungszeremonie ist, eine Frage, die der Pfarrer mit lauter Stimme aussprach und die mir noch heute in den Ohren gellt:

»Hat hier jemand etwas gegen diese Verbindung dieses Mannes mit dieser Frau einzuwenden? Hat . . .«

Ich erinnere mich nicht mehr an die genaue Formulierung, aber ich erinnere mich daran, gesehen zu haben, wie Marthe aus der letzten Zuhörerreihe hervortrat. Ich hörte, wie sie sagte: »Ich«, mit einer Stimme, die mir das Blut in den Adern gefrieren ließ, Gildas aschfahl werden ließ und die Anwesenden in Bestürzung versetzte. Ich erinnere mich, gesehen zu haben, wie sie in der darauffolgenden, schrecklichen Stille zum Pfarrer vorging, sich ihm, Flora und Gildas gegenüber hinstellte, ihre sonnengebräunte, trotz der Hausarbeit nicht rauhe Hand auf Gildas' Schulter legte und sich einen Moment lang auf ihn stützte, bevor sie mit klarer und noch in einer Entfernung von drei Meilen vernehmlichen Stimme sagte:

»Ich habe diesen Mann sogar vor einem Monat in Bordeaux geheiratet, aber als gute Dienerin, die ich nun einmal bin, überlasse ich ihn meiner Herrin. Überdies ist mir der Kutscher von Monsieur de Doillac, der mich draußen erwartet, tausendmal lieber.«

In einer Stille, die jetzt noch drückender war – Gildas hatte schützend seinen Arm vor das Gesicht gehoben, und Floras Mund stand vor Bestürzung und Verzweiflung halb offen – fügte Marthe hinzu:

»Meinen Lohn können Sie auch behalten, Frau Gräfin«, bevor sie wieder mit einem königlichen Gang davonging, der eine um so höhere Wirkung erzielte, als dieser Schritt, diese Art zu gehen und dieser Gesichtsausdruck auf einmal diese unerhörte Erklärung glaubwürdig machten.

Das weitere Geschehen, man kennt es oder kennt es nicht, was bedeutet das schon ... Was bedeutet das schon, selbst wenn ich der einzige sein sollte, der sich noch daran erinnert. Ich mache schnell, ich schreite zu schnell voran, aber ich kann es nicht mehr ertragen, mir bestimmte Erinnerungen ins Gedächtnis zurückzurufen, bestimmte Stunden, die ich damals in der folgenden Zeit verbracht habe, im Verlaufe dieses grauenhaften, stürmischen und verzweifelten Herbstes, in dem Wind und Erde dem gleichen rasenden Wahnsinn wie die Menschen verfallen zu sein schienen. Ich werde folglich diese Geschichte so knapp wie möglich zusammenfassen.

Am folgenden Tag beging Gildas Selbstmord, und Flora wurde kurze Zeit darauf verrückt. In Anbetracht ihrer Abstammung und ihres Vermögens wurde sie nicht in die Irrenanstalt gesteckt, sondern ins Kloster nach Bordeaux gebracht, wo sie zwei Jahre später starb. Als ich sie das erste Mal besuchen konnte, erkannte sie mich nicht, und selbst ich erkannte sie kaum wieder.

Das Schicksal sollte mich noch einmal mit Marthe zusammentreffen lassen. Nachdem sie zwei Jahre bei den Nonnen verbracht hatte, war Flora de Margelasse also als Wahnsinnige und Tobsüchtige gestorben und hatte alles Gildas hinterlassen, von dem sie geglaubt hatte, er sei noch am Leben. Letzterer hatte bei seinem Selbstmord alles seiner Ehefrau Marthe hinterlassen, und Honoré d'Aubec und der Chevalier d'Orty, der ungefähr zur gleichen Zeit einer Rippenfellentzündung erlegen war, hatten ihr Vermögen auch Marthe vermacht. Aus diesem Grunde mußte ich mich auf die Suche nach dieser plötzlich steinreichen Erbin machen. Ich folgte ihrer Spur und fand überall auf ihrem Weg durch die gute Gesellschaft unseres Landes rauchende Trümmer, die sie hinterlassen hatte. Sie war eine absonderliche Erbin, denn überall, wo sie hinkam, erbte sie alles und überließ alles den Armen. Sie vernichtete alles, und sie nahm nichts.

Ich sah sie erst nach vierjähriger Suche in Paris wieder. Sie hatte sich am Vorabend des »Complot des Saisons« und der dadurch ausgelösten Kämpfe nach Paris begeben, nach Paris, wo ich sie auf einer Barrikade im Faubourg Saint-Antoine fand, tot, mit einer Kugel im Herzen, lächelnd, mit einem Ausdruck großer Sanftheit im

Gesicht, den ich an ihr nicht gekannt hatte. Sie war für diese Revolution gestorben, vor der wir uns alle gefürchtet hatten. Und die sie vielleicht gewesen war . .

Romeo und Julia in Portugal

Was in Italien Romeo und Julia sind in Portugal Pedro und Inês, deren tragische Liebesgeschichte bis heute im Bewußtsein der Portugiesen verankert ist. Im Jahre 1328 begegnen sich der Kronprinz und die kastilische Hofdame, doch ihre Liebe ist aus politischen Gründen zum Scheitern verurteilt. Übermenschlich ist Pedros Haß, als er erfährt, daß Inês während seiner Abwesenheit im Auftrag des Vaters ermordet wurde. Trotz des Versprechens, die Mörder der einzigen Frau, die er je liebte, zu verschonen, wird er auf grausame Weise seinen Schwur brechen.

João Aguiar
Die Hofdame
Roman
144 Seiten
Ullstein TB 24568

Ullstein Taschenbuch